KB177732

다정한 매일매일

다정한 매일매일 · 백수린 산문

빵과 책을 굽는 마음

작가
정신

새로 쓰는 작가의 말

상상했던 것보다 조금 일찍 개정판을 만나게 되었다. 초판 『다정한 매일매일』의 표지가 유난히 햇빛에 취약했던 탓이다. 언젠가, 작은 서점에 갔다가 오랫동안 볕을 받으며 서가에 꽂혀 있어 책등이 하얗게 바랜 『다정한 매일매일』을 본 적이 있다. 빛이 바랜 탓에 아무도 사 가지 않는다는 그 책들이 주인을 만났으면 하는 마음으로 사인을 해두고 서점을 나왔지만 오래오래 마음이 쓰였다. 나중엔 그 책들을 일부러 택해 집으로 데려가는 이들에게 고마움을 전하기 위해 짧은 엽서를 써서 보내기도 했다. 방치되어 있는 것, 소외되는 것에 눈길을 더 주는 마음을 나는 늘 귀하게 여겼다.

　빵을 핑계 삼아 책을 소개하는 서평집『다정한 매일매일』을 출간한 이후 나에 대해 생긴 가장 큰 오해는 내가 빵을 몹시 사랑하는 사람일 것이라는 거다. 개정판을 출간하는 기회를 빌려 정정하자면 빵을 좋아하는 건 사실이지만 나는 보통의 사람들보다 빵을 유난히 더 즐겨 먹는 편은 아니다. 빵이 맛있는 가게들을 전국 방방곡곡 일부러 찾아다닐 만큼 부지런하지도 않고, 지치고 피곤한 날 내 몸과 마음을 빵으로 달래지도 않는다. 내가 좋아하는 것은 빵 자체보다는 빵을 만드는 일. 손으로 반죽하고, 부풀어 오르길 기다리는 시간을, 실패해도 스스로에게 너그러워질 수 있는 그 시간을 허락하는 일이 바쁘고 각박한 이 세상을 살아가는 데 내게는 꼭 필요한 일이다.

　이 책에 실린 원고들을 정리해서 묶을 즈음엔 전염병 탓에 국경이 봉쇄되어 있었다. 그때는 과연 예전으로 돌아가는 날이 다시 올까 두려웠는데 어느새 팬데믹은 끝났고, 그 시절이 꽤 먼 옛날의 이야기처럼 느껴지기까지 한다. 그렇지만 세상이 그때보다 더 나아졌는가 하면 그건 아닌 것 같다. 그런 의미에서, 우리의 매일매일이 조금 더 다정해지고, 그래서 타인의 매일매일 또한 다정하기를 진심으로 빌어줄 수 있었으면 좋겠다던 초판 작가의 말 속 나의 바람은 여전히 유효하다. 나에게 삶이 다정하지 않을 때 우리는 타인에게 가혹해지는 존재들이니까. 하지만 가능하다면, 매일매일이 내게 다정하지 않더라도, 나는 내가 매일매일 다정해지려 노력하는 사람일 수 있었으면 좋겠다. '다정하다'는 것은 어쩌면 '상태'로서 내게 주어지는 것이 아니라 '태도'로서 내가 실천하는 것인지도 모르니까.

두 편의 새 글과 함께 『다정한 매일매일』이 새로운 외형으로 다시 태어나 독자들을 만날 수 있게 되어서 무척 기쁘다. 초판의 독자들과 개정판 독자들 모두에게 감사의 인사를. 당신이 어디에 있든, 오늘 어떤 하루를 보냈든, 이 작은 책에 실린 글들과 소개된 책들이 한 덩이의 갓 구운 빵처럼 당신의 마음속 허기를 조금이라도 채울 수 있기를 바란다.

2024년 초여름에
백수린

작가의 말

소설가가 된 이래 처음으로 소설 아닌 글을 책으로 묶는다. 소설만 쓰던 사람이 소설 아닌 것을 세상에 내보이려니 걱정이 앞서는 건 어쩔 수 없다. 나를 드러내는 일은 언제나 두려우니까. 그렇지만 용기를 내어 또 이렇게 책을 묶는 까닭은 손을 내밀면 맞잡아주는 다정한 마음들도 세상엔 존재한다는 사실을 이제는 알기 때문이다.

이 책의 첫 교정지를 택배로 받던 날에는 비가 올까 봐 전전긍긍했다. 주택에 사는 터라, 외출을 하게 되면 우편물이 현관 앞에 배송되기 일쑤인데, 비가 오기라도 하면 큰일이기 때문이었다. 택배가 오기로 한 날은 비가 예보되어 있었지만 일 때문에 어쩔 수 없이 외출을 할 수밖에 없었다. 아니나 다를까, 교정지가 도착했다는 문자 메시지 알림을 받고 서둘러 집으로 돌아오는 도중에 빗방울이 떨어지기 시작했다. 편집자님이 비닐로 원고를 한번 싸주셨다고는 했지만 소중한 원고가 혹시라도 젖을지 모른다는 생각에 발걸음이 점점 조급해졌다. 하지만 결론부터 말하자면 교정지는 조금도 젖지 않았다. 우리 집 골목 앞을 늘 어슬렁거리던 길고양이 덕분에. 부랴부랴 집에 도착해보니, 길고양이가 봉투 위에 둥지를 틀고 앉아 비를 피하고 있었던 것이다. 집에 들어와 만져본 교정지가 든 봉투는 고양이의 온기가 묻어 따뜻했다.

몇 편의 산문을 추가하긴 했지만 이 책에 실린 글 대부분은 '책 굽는 오븐'이라는 제목으로 한 신문에 책을 소개하기 위해 연재했던 짧은 원고들을 매만진 것이다. 책으로 묶일 거라는 생각은 꿈에도 하지 않고, 내가 좋아하는 책과 빵에 대해서 그저 가볍고 경쾌한 마음으로 썼던 글들이 이렇게 한 권의 책이 되기까지는 많은 분들의 역할이 있었다. 내가 쓴 칼럼을 재미있게 읽고 있다며 책으로 묶자고 설득하셨던 K편집자님이나 책을 만드는 전 과정에서 더할 나위 없이 좋은 동반자가 되어주신 H편집자님이 없었다면 이 책은 결코 세상의 빛을 보지 못했을 것이다. 우유부단하면서 요구 사항까지 많은 작가를 항상 여러 면에서 배려해주신 작가정신의 많은 관계자분들께 감사 인사를 전한다. 글과 잘 어울리는 그림을 그려준 김혜림 작가님께도 고맙다는 인사를 건네고 싶다. 처음 일러스트를 받고 '내 책상이 이렇게 근사하게 그려졌다니!' 하며 탄성을 질렀던 오후를 나는 아직도 기억하고 있다.

내게 작은 바람이 있다면 읽고 쓰는 나날을 기록한 소박한 글들이 온기, 라는 단어와 어울렸으면 하는 것이다. 이 책을 읽는 사람들에게, 고양이가 앉았던 자리만큼의 온기가 되어주었으면. 이상하고 슬픈 일투성이인 세상이지만 당신의 매일매일이 조금은 다정해졌으면. 그래서 당신이 다른 이의 매일매일 또한 다정해지길 진심으로 빌어줄 수 있는 여유를 지녔으면. 세상이 점점 더 나빠지는 것만 같더라도 서로의 안부를 묻고 안녕을 빌어줄 힘만큼은 여전히 우리에게 남아 있을 것이므로. 그런 마음으로 당신에게 이 책을 건넨다. 우리의 매일매일이 다정하다고 섣부르게 믿고 있어서가 아니라, 조금이라도 다정하기를 바라는 마음으로. 정다운 사람들끼리 향기로운 차와 빵을 놓고 마주앉아 좋아하는 책에 대해서 아무 근심 없이 이야기 나눌 수 있을 그날이 우리에게 어서 다시 오기를 기다리면서.

2020년 늦가을에
백수린

차례

하나씩 구워낸 문장들

온기가 남은 오븐 곁에 둘러앉아

빈집처럼 쓸쓸하지만 마시멜로처럼 달콤한

당신에게
권하고픈 온도

사랑해서
하는 일

내 인생 최초로 구입한 베이킹 책은 1996년 여성 자신이란 출판사에서 출간한 『쉽고 재미있는 빵·과자 만들기』다. 내가 그 책을 구입한 곳은 고등학교 근처 상가 안의 작은 서점이었다. 대부분의 손님들이 문제 집을 사기 위해 들락거리던 그 서점 한구석에 교복을 입은 채로 서서 요리 서적들을 뒤적이고 있노라면 혼 자만의 달콤한 비밀을 간직한 사람처럼 마음은 간질 간질했다. 그때는 당시 고등학생이었던 내가 취미로 베이킹을 배울 만한 곳이 마땅치 않고, 지금처럼 휴 대전화만 있으면 웬만한 레시피를 바로바로 구할 수 있던 것도 아니었다. 가정주부가 아닌 여고생이 베이킹에 관심을 갖는다는 건 정말 이상한 일이었다. 그 당시 사람들의 눈에 베이킹은 온전히, '살림 잘하는 아내', '아이들에게 간식을 직접 만들어주는 자상한 엄마'의 영역이었으니까.

지금처럼 조리법을 쉽게 알려주는 블로그나 유튜브는 없었지만, 그 시절엔 미용실이나 치과에 가면 항상 《주부생활》이나 《우먼센스》 같은 잡지를 읽을 수 있었다. 잡지 뒤쪽에 은밀하게 실려 있던 성생활에 대한 상식이나 조언들—'심드렁해진 밤을 다시 후끈 달아오르게 하기 위해서는 남편과 샤워를 같이해보세요' 같은 것들. 맙소사, 남편이랑 샤워를 같이한다니!—도 어김없이 내 눈길을 끌었지만, 그런 잡지들을 펼쳐서 내가 가장 열심히 들여다보는 건 조리법이 나와 있는 꼭지였다. 다시마를 말아 만드는 주먹밥이나 양념장을 끼얹은 도미구이 등의 조리법이 실려 있던 꼭지. 그런 꼭지에는 간단한 베이킹 레시피가 실려 있을 때도 많았다. 리본 모양의 파이라든지, 오렌지커스터드 케이크 같은 것들. 그런 레시피를 발견하면 내가 하는 일은 언젠가는 직접 구워볼 사람처럼 노트를 꺼

내 옮겨 적는 것이었다.『외딴 방』이나『인간의 굴레』,
『데미안』같은 책들이 자리 잡고 있던 내 책장 가장 아래쪽에는 베이킹 레시피를 옮겨 적거나 잡지에서 잘라 스크랩해 둔 노트가 오랫동안 꽂혀 있었다.

    고등학생 때부터 베이킹을 시작했다고 하면 사람들은 나의 실력이 뛰어날 거라고 하나같이 착각하곤 한다. 난생처음 케이크를 구워본 날로부터 꽤 많은 시간이 흘렀으니 지극히 자연스러운 기대인 것 같기는 하다. 요즘 블로그를 보면 제과 제빵을 취미로 배운 사람들 중 숨은 실력자들이 넘쳐나니까. 마카롱이나 다쿠아즈처럼 손이 많이 가는 과자들을 수준급으로 만들어 사진 찍어 올리는 사람들. 홈베이킹 고수들이 만들어낸 놀라울 정도로 세련된 결과물들과 내가 오븐으로 구워내는 것들 사이에는 속눈썹만 겨우 닮은 먼 친척 사이만큼이나 아득한 거리가 존재한다. 나의 실력이 끝끝내 늘지 않는 이유는 계량이 생명인 베이킹을 하면서 모든 것을 어림짐작하고 대충대충 넘어가기 때문이다. 버터나 초콜릿을 중탕하라고 쓰여 있어도 귀찮다고 전자레인지에 돌려버리는 것은 물론이고, 재료를 배합해야 하는 순서를 무시하거나 분량을 내 멋대로 조절하기 일쑤인데, 그러다 보니 결과물은 늘 들쑥날쑥할 수밖에 없다.

　나에게 베이킹이란 처음 시작했을 때부터 지금까지 그 과정이 즐거운 일이다. 내가 베이킹을 전문가에게 배워볼 생각이나 자격증 같은 걸 딸 생각을 결코 하지 않는 이유이기도 하다. 어떻게 하는지 그 방법을 제대로 배운 적 없이 그저 사랑과 동경만으로 시작한 일. 나의 한계를 알지 못한 채 하고 싶은 마음이 흘러넘쳐 시작했으나 남들이 능숙해지도록 혼자 여전히 서툴고 쩔쩔매는 일. 남들 앞에 선보여야 할 때면 늘 자신감이 없지만 결과물이 어떻든 그만둘 생각이 좀처럼 들지 않는다는 점에서 내게 소설 쓰기와 베이킹은 어쩌면 똑 닮은 작업.

별것 아닌 것 같지만,
삶을 살아내게 하는 것들

〃 생일 케이크
〃 레이먼드 카버, 『대성당』

　뜬금없는 고백이지만 나는 어릴 때부터 먹는 것을 유난히 좋아하는 편이었다. 다른 아이들처럼 편식을 해서 부모님 속을 썩이는 법이 없었을 뿐 아니라 어른들만 먹을 법한 산낙지나 육회 같은 음식들도 대여섯 살 때부터 천연덕스럽게 먹곤 해 어른들을 놀라게 했다. 정말로 그런 음식의 맛이나 식감을 이른 나이에 즐겼던 것인지, 아니면 어른들의 음식을 잘 먹는 나를 보며 감탄하는 주변의 반응에 스스로 뿌듯해하는 인정 욕구 많은 아이였던 것인지는 잘 모르겠다. 하지만 분명한 것은 아주 이른 나이부터 음식에 대한 남다른 관심을 지녀왔다는 사실이다. 그림책을 읽다가 낯선 음식 이름이 등장하면 그 맛을 상상해보느라 시간을 허비하는 아이. 동화책 속에 등장하는 체리 설탕절임이나, 호밀빵, 칠면조 등은 얼마나 상상력을 자극하는 단어들이었던지. 특히 번역서에 종종 등장하던 오븐은 나에게 미지의 세계로 인도해주는 마법의 문 같은 것이었다. 오븐 안에서 구워져 나온다는 색색의 쿠키들, 고기파이, 럼주가 들어간 케이크 같은 단어들을 볼 때마다 나는 단 한 번도 가본 적 없는 이국의 식탁을 떠올리곤 했다.

오븐을 처음 써본 것은 중학교 때 일이었다. 그 당시 우리 가족이 세 들어 살던 아파트에는 오븐이 붙박이로 비치되어 있었다. 오븐의 사용이 보편화되어 있지 않던 시절이라 가족 중 그 누구도 그것을 사용해 음식을 만들 생각 같은 것은 하지 않았고, 오븐은 그냥 가구의 일부처럼 공간을 차지할 뿐이었다. 그러던 팔월의 어느 날이었다. 아버지의 생신을 맞이해 내가 케이크를 구워보겠다는 야심 찬 생각을 처음으로 하게 된 것은. 물론 베이킹에 대한 기본적인 지식이나 레시피가 내게 있을 리는 만무했다. 하지만 나는 어디선가

본 대로 밀가루와 계란 등을 섞었고, 슈퍼마켓에서 산 유산지 컵케이크 틀에 반죽을 부은 후 그것을 오븐 속으로 밀어 넣었다. 케이크가 구워지길 기다리는 시간은 얼마나 설레었는지. 결과는 물론 대실패였지만.

빵집 주인이 되고 싶다는 마음과 소설가가 되고 싶다는 마음 사이에서 오락가락하던 나는 결국 소설을 쓰는 사람이 되었지만 여전히 책을 읽다가 음식, 특히 빵이 나오는 구절을 만나면 내용과 상관없이 그 책에 대해 특별한 애정을 느끼곤 한다. 빵이 나오는 여러 작품들 중에서도 내가 특히 좋아하는 것은 레이먼드 카버의 단편집 『대성당』에 실린 「별것 아닌 것 같지만, 도움이 되는」이라는 소설이다.

이 소설에는 '스코티'라는 이름을 지닌 아들의 생일파티를 위해 케이크를 주문하는 부부가 등장한다. 하지만 스코티가 갑작스러운 사고로 혼수상태에 빠졌기 때문에 파티는 계획대로 이뤄지지 않는다. 그런데 혼수상태의 아들이 죽었다는 소식을 듣게 될까 봐 두려움에 떠는 부부에게 이상한 전화가 자꾸 걸려 오기 시작한다. 스코티에 대해서 잊어버렸느냐고만 묻고 끊어버리는 전화는 불안한 부부의 마음을 더욱 어지럽힌다. 의문의 전화는 스코티가 죽은 날에도 걸려온다. 마침내 케이크를 찾아가지 않은 것에 불만을 품은 빵집 주인의 전화라는 사실을 깨달은 부부는 잔인한 장난을 치는 주인에게 따지기 위해 빵집을 찾아간다. 그리고 케이크를 주문만 해놓고 찾으러 가지 않는 손님들에게 화가 나 있던 빵집 주인은 부부가 케이크를 찾아갈 수 없었던 이유에 대해 알게 된다.

사실 갑작스럽게 찾아온 부부의 원망을 들은 빵집 주인에게도 억울한 점이 없지는 않았을 것이다. 스코티의 죽음은 불행한 일이지만 그의 탓이 아니고, 그가 장난 전화를 건 것은 미안한 일이지만 스코티가 사경을 헤매고 있는 줄 모르고 한 일이기 때문이다. 하지만 빵집 주인은 억울함을 토로하는 대신 부부에게 용서를 구한다. 그리고 그들에게 빵을 건넨다.

우리를 살게 하는 것은 어떤 힘일까? 나는 삶이 고통스럽거나 누군가의 불행 앞에서 무기력한 마음이 들 때 이 소설 속 빵집 주인이 건넨 한 덩이의 빵을 떠올리곤 한다. 어떤 의미에서 내게 소설 쓰는 일은 누군가에게 건넬 투박하지만 향기로운 빵의 반죽을 빚은 후 그것이 부풀어 오르기를 기다리는 일과 닮은 것도 같다. 그런 생각을 하며 나는 오늘 아들을 잃은 부부에게 빵을 건네는 이의 마음으로 허공에 작은 빵집을 짓는다. 젊은 부부에게 온기를 전하는 빵집 주인의 마음으로. 어딘가 있을 당신에게 "별것 아닌 것 같지만, 도움이 되는" 책들을 건네기 위해서.

진실은 언제나
그 자리에 있다

〃 컵케이크
〃 존 치버, 『기괴한 라디오』

아이였을 땐 왜 그렇게 초능력에 대한 관심이 많았는지 모르겠다. 하늘을 나는 능력, 원하는 순간에 투명 인간이 되거나, 손가락 하나만으로 바윗덩이를 들어 올리는 능력 같은 것들. 누군가가 지금의 나에게 초능력을 줄 테니 선택하라고 말한다면 나는 틀림없이 과거와 미래를 오갈 수 있는 시간 이동 능력이나 눈 깜짝할 새에 원하는 곳을 갈 수 있는 순간 이동 능력을 고를 것이다. 하지만 어렸을 때 내 관심을 가장 끌었던 능력은 뭐니 뭐니 해도 독심술이었다. 궁금한 것이 한창 많은 나이였고, 사람들의 마음속에서 물결처럼 일렁이는 비밀스러운 생각들은 내겐 호기심의 대상이었으니까. 그 능력에 대한 관심이 사그라든 건 아마도 내 안에 남들에게 들키기 싫은 생각들이 아주 많다는 걸 깨닫게 된 시점이었던 것 같다.

존 치버의 소설 「기괴한 라디오」에는 뜻하지 않게 이웃들의 비밀을 알게 된 주인공들이 등장한다. "대학 동창회보의 통계자료에 실린 만족할 만한 평균수입과 근무 조건, 그리고 사회적 지위에 맞아떨어지는 것으로 보이는" 짐과 아이린 웨스트콧 부부가 바로 그들이다. 그들은 1년에 열 번 이상 연극이나 영화를 보러 가고 주변 사람들은 잘 듣지 않는 고전음악을 라디오로 듣는 것이 취미인 고상한 부부다. 그러던 어느 날 라디오가 고장 나고, 짐이 아내를 위해 새 라디오를 사 오면서 평탄한 듯 보였던 그들의 일상에 균열이 생겨난다. 어딘가 흉물스러워 보이는 라디오를 켜면 마치 도청기를 단 것처럼 이웃들이 집 안에서 주고받는 대화가 흘러나오기 때문이다.

다른 집의 일상을 엿들을 수 있게 된 아이린은 그 순간부터 유혹을 참지 못하고 타인들의 이야기에 빠져든다. 그러면 그럴수록 이웃들의 평온하고 아무렇지 않아 보이는 얼굴 뒤에는 비밀이 숨어 있으며, 나아가 "삶이라는 게 너무도 끔찍하고 너무도 지저분하고 너무도 무서"운 것이라는 사실을 점차 깨닫게 될 뿐인데도 말이다. 아이린은 남편에게 "우린 그런 적 한 번도 없어요, 그렇죠, 여보? 내 말은, 우리는 언제나 다정하고 점잖고 서로를 사랑해왔다는 거예요, 안 그래요?"라고 물으며 자신들이 이웃들과 다른 삶을 살고 있다는 확인을 받고 싶어 한다. 하지만 그들은 정말로 행복한 부부일까?

교외에 사는 미국 중산층의 현실을 날카롭게 포착해온 작가인 치버는 「기괴한 라디오」를 통해 서턴 플레이스 근처의 한 아파트에 사는 이웃들의 위선을 꼬집는다. 마치 한 판에 구워진 컵케이크들처럼, 서로 비슷한 경제 수준을 가진 이 이웃들에게 중요한 것은 다른 이들 눈에 번듯하고 잘사는 듯이 보이는 일뿐이다.

평범한 컵케이크의 모양을 가리기 위해 지나치게 달고 화려한 색감의 아이싱을 덧칠하듯 "날씨가 추울 때는 밍크 모피처럼 보이게 염색한 족제비 가죽 코트"를 입는 아이린. 소설 결말부에 이르면 짐은 아이린이 얼마나 추악하고 속물스러운 사람인지를 비난한다. 흥미로운 사실은 아이린을 괴롭히는 것이 짐의 비난 그 자체가 아니라 자신의 집에서 일어나는 일을 이웃들이 알게 되면 어쩌나 하는 두려움이라는 점이다.

"사람들이 우리 얘기를 듣겠어요." 아이린의 말은 다급하고 절박하게 들리기까지 한다. 아무도 듣지 않는다면 그녀가 저지른 잘못이 사라질 수 있기라도 한 것처럼. 진실한 자신의 모습을 드러내지 않고자 치장하고 감춘 적이 있는 사람이라면, 타인의 이목에만 신경 쓰는 아이린의 이런 태도를 무턱대고 비난할 수만은 없을 것이다.

누군가의 속마음을 알 수 있게 된다면 삶은 행복해질까, 불행해질까? 몸속에 품은 잔가시마저 내비치는 유리메기처럼 우리의 몸도 마음도 투명해져서 깊은 곳에 감추어둔 생각들이 타인에게 고스란히 드러난다면?

정도의 차이는 있겠지만 사람은 누구나 자신의 일부를 가리고 산다. 남에게 잘 보이기 위해서, 창피해서, 상처를 줄까 봐, 원망을 들을까 봐. 매끄럽고 평온해 보이는 가면 뒤에 숨기고 있던, 누군가의 또 다른 얼굴을 보게 되더라도 지나치게 상처받거나 배신감을 느끼지 않는 사람이 되고 싶다. 내 안에 숨어 있던 추악함, 시기심과 죄의식, 두려움과 조바심 같은 감정들을 맞닥뜨려도 외면하지 않고 받아들일 수 있는 사람이. 사람의 마음이란 한지를 여러 번 접어 만든 지화紙華처럼, 켜켜이 쌓은 페이스트리의 결처럼 여러 겹으로 이루어져 있다는 사실을 이제는 알고 있으니까. 빛과 어둠이 술렁이며 그려놓는 그림. 그것이 마음의 풍경이다.

충만한 삶,
아름다운 울림

〃 캉파뉴
〃 마틴 슐레스케, 『가문비나무의 노래』

마음이 유난히 시끄러운 날들이 있다. 어디서 누구와 있든지 간에 내 마음의 아우성이 모든 소리를 압도해 고통스러운 날들. 마음에 여유는 조금도 없고 오로지 자책과 후회만 가득한 그런 날들을 통과할 수 있도록 도와주는 것은 사람마다 다르겠지만, 내게는 성난 짐승이 걸어 다닌 발자국처럼 마음속이 그렇게 어지러울 때 가만히 펼쳐보면 도움이 되는 책들이 몇 권 있다. 독일의 바이올린 장인인 마틴 슐레스케가 지은 『가문비나무의 노래』가 바로 그런 종류의 책이다.

마틴 슐레스케는 독일의 슈투트가르트에서 태어

나 일곱 살 때 바이올린을 배운 이래 평생 바이올린 곁에 머물며 살아온 사람이다. 그는 바이올린 장인이 되어 뮌헨의 작업장에서 현악기들을 만들며 살고 있다. 그러던 어느 날 그는 오스트리아 화가 프리덴스라이히 훈데르트바서의 어떤 작품에서 다음과 같은 구절을 발견한다.

> 우리에게는 이제 생명에 관한 비유를 만들어 낼 능력이 없다. 내적 깨달음을 얻기는커녕, 더는 우리 주변이나 우리 안에서 일어나는 사건을 해석할 능력이 없다. 이로써 우리는 하느님의 형상이기를 그만두었다. 우리는 그릇되게 살고 있다. 우리는 죽었다. 그저 오래전에 썩어 버린 인식을 갉아먹고 있을 따름이다.[*]

『가문비나무의 노래』는 이 구절에서 영향을 받은 마틴 슐레스케가 바이올린을 제작하는 동안 그에게 떠오른 생각들을 놓치지 않고 나름의 방식으로 해석해 얻게 된 내적 깨달음을 기록한 책이다. 고지대에서

---

[*] 『가문비나무의 노래』, 5쪽.

척박한 환경을 이기고 단단하게 자란 가문비나무를 찾은 후 바이올린을 만들기 위해 다듬고 칠하는 일련의 과정 속에서 슐레스케는 보물을 찾듯이 인생에 대한 비유를 발견한다. 대립적인 특징들이 함께 어울려 있을 때에만 좋은 울림을 낼 수 있는 바이올린. 슐레스케는 바이올린의 음색을 들으며 '모순'이 있는 인간의 삶과 영혼이 지닌 아름다움에 대해서 사유하고, 저마다 다른 공명을 갖는 악기들을 보면서 사람들 역시 각자의 공명을 발견해내고 자기 자신을 존중해야 하는 것이 아닐까 깨닫는다.

사실 나는 조언이나 잠언으로 가득한 책을 그다지 좋아하는 편이 아니다. 그럼에도 불구하고 『가문비나무의 노래』가 나의 마음을 움직인 것은 저자가 바이올린을 만드는 태도 때문인 듯하다. 공명판이 만들어진 상태를 존중해가며 작업을 진행하고, 나무와의 대화를 통해 곡면을 어떻게 만들지 결정하는 그의 매일매일은 마치 구도자의 일상처럼 경건하다. 아마도 그 탓이겠지만, 오랜 시간 동안 반죽을 숙성시켰다가 구워야 하는 캉파뉴처럼 소박하지만 풍미 깊은 그의 문장들을 읽어나가다 보면, 그의 말마따나 인생이라는 순레는 바이올린이 탄생하는 과정과 닮은 것도 같다는 생각이 들기도 한다. 때로는 반복되는 좌절과 두려움이 우리를 지치게 하지만, 우리는 결국 어둡고 추운 숲에서도 조용히 빛을 향해 위로 뻗고 아래쪽 가지들을 스스로 떨굴 것이다. 우리는 모두 저마다의 깊고 아름다운 울림을 만들어갈 소명을 지닌 채 태어난 가문비나무들이기 때문에.

정성으로 가꾸는
매일

〃 판 콘 토마테
〃 데이비드 디어도르프·캐서린 와즈워스,
   『내 식물에게 무슨 일이 일어났을까?』

5년 전 옥상이 있는 집으로 이사 온 후 가장 먼저 한 일은 화분을 사는 것이었다. 도시에서 나고 자란 내게는 텃밭을 일구며 사는 삶에 대한 막연한 동경이 있었기 때문이다. 흙을 구입하고, 화분에 씨를 뿌린 후, 매일매일 옥상에 올라가 식물들이 잘 자라는지를 관찰했다. 바질과 페퍼민트, 딸기와 상추, 루콜라, 깻잎, 방울토마토 같은 것들.

옥상에서 식물을 직접 키운 이후 내가 재발견하게 된 것은 '판 콘 토마테pan con tomate'다. 판 콘 토마테는 그 이름 그대로 토마토 즙을 빵에 발라 먹는 간단

한 요리인데, 방울토마토를 직접 길러 먹기 전까지 나는 판 콘 토마테의 매력에 대해서는 조금도 공감할 수 없었다. 하지만 갓 딴 방울토마토는 얼마나 달콤한지. 잘 구운 빵의 윗면에 옥상에서 딴 방울토마토를 문지르고 생마늘을 얹은 후 올리브오일과 소금을 뿌려 한 입 먹어보면, 가본 적 없는 카탈루냐의 여름을 상상할 수 있을 것만 같은 기분마저 들었다.

이토록 식물들은 나에게 큰 기쁨을 주었건만 작년 봄부터는 여러 일들에 치여 한 해 가까이 옥상에 올라가볼 수가 없었다. 식물들이 다 메말라 죽을 것 같다고 생각하면 마음이 아프다가도 당장 해야 하는 일들에 쫓겨 옥상에 올라가는 일은 가장 뒤로 밀렸기 때문이다.

그러다 모처럼 큰마음을 먹고 옥상에 올라가본 것은 며칠 전의 일이었다. 아니나 다를까, 대부분의 식물들은 걱정했던 것처럼 죽어 있었다. 하지만 놀랍게도, 내게 완벽히 방치되어 있던 와중에도 딸기 묘목은 가까스로 꽃망울을 맺었고, 깻잎은 싹을 틔워놓고 있었다. 그런 척박한 환경 속에서도 꿋꿋이 살아준 식물들이 고마워 옥상에서 내려온 후 책장 한구석에 꽂아둔 책을 한 권 꺼내보았다. 『내 식물에게 무슨 일이 일어났을까?』가 바로 그 책이다. '병충해 예방에서 영양 공급까지 튼튼하고 아름답게 키우는 식물 관리법'이라는 부제를 통해 알 수 있듯 이 책은 식물병리학 박사가 텃밭을 일구는 사람들이 맞닥뜨리게 되는 식물의 여러 증상을 진단하고, 식물을 살리기 위한 다양한 방법들을 이해하기 쉽게 설명해주는 책이다.

이 책을 구입한 것은 이사 온 해였다. 마음만 앞선 채 아무것도 모르고 씨를 심었던 그해, 나는 당황스러운 일들을 많이 겪었다. 옥상은 햇볕이 강해 식물들이 화상을 입기 쉽다는 사실이나, 물을 너무 많이 주면 세균에 감염될 수 있다는 사실조차 몰랐으니까. 이 책은 텃밭을 가꿔보고 싶은 의욕은 넘치지만 나처럼 식물들에 대해서는 무지한 사람들에게 큰 도움을 준다.

주인이 방치했음에도 꽃을 피우고 싹을 틔우는 식물들을 보면서 『내 식물에게 무슨 일이 일어났을까?』를 처음 읽었을 때 마음이 떠올랐다. 식물을 키운다는 것은 생각보다 훨씬 책임감이 필요한 일이라는 사실을 깨달았던 때의 마음이. 올해는 이미 늦었지만 그래도 살아 있어준 식물들이 고마워 비료라도 사다 뿌려줄 생각이다. 그리고 빈 화분들에는 방울토마토 모종을 사다 심어야지. 힘겹게 살아서 꽃을 피우는 식물들을 보면서, 매일매일 바쁘지만 그럴수록 무언가를 정성껏 돌보며 살고 싶다는 생각을 했다. 그러다 보면 나도 삶과 생명에 조금은 더 가까워질 수 있지 않을까? 그런 마음으로 푸름과 햇살이 가득할 여름을 기다린다.

휴가의
끝

〃 트로페지엔
〃 베른하르트 슐링크, 『여름 거짓말』

　나에게 생트로페라는 도시를 알려준 사람은 프랑
스인 친구 S와 그녀의 남자 친구 R이다. 유학 시절 크
리스마스 방학 동안 남프랑스에 위치한 그녀의 부모
님 집에서 열흘가량 머물고 있을 때, R은 남불까지 왔
으면 누구든 생트로페를 구경하고 싶어 할 거라며, 어
느 날 나와 S를 차에 태워 생트로페로 데리고 갔다. 프
랑스의 유명한 휴양 도시인 생트로페를 내가 들어본
적도 없으리라고는 그는 상상조차 하지 못했다.

　겨울의 휴양 도시는 한산했다. 겨울이라지만 날씨
는 봄날처럼 따뜻했고, 호화로운 요트들이 정박해 있

던 선착장 위로는 창백한 햇살이 고요히 내려앉았다. 아름다운 도시였지만 생트로페가 얼마나 유명한 휴양지인지 전혀 몰랐기 때문에 나는 R이 기대했던 것만큼 도시의 화려함을 보며 감탄하지는 않았다. 나의 기억에 오랫동안 남아 있는 장면들은 오히려 이런 것. 해안가의 식당은 너무 비싸다며 광장의 벤치에 둘러앉아 먹었던, 안초비가 들어간 남불식 샌드위치의 짠맛. 철썩 소리를 내며 출렁이던 바다. 바람 부는 방향에 따라 헝클어지던 마음. 열기와 소란이 사라져버린 텅 빈 휴양지의 골목들을 쓸고 지나가던 빛의 파도.

트로페시엔이라는 케이크를 내가 처음 알게 된 것도 그 도시에서였다. 브리오슈를 반으로 갈라 크림으로 듬뿍 채운 트로페지엔. 한국인에게는 생소한 이 케이크의 이름은 생트로페에서 유래했다. 이 케이크가 유명해진 것은 오래전 영화 촬영차 생트로페를 방문한 브리지트 바르도가 그 맛에 반해 도시의 이름을 따 부르자고 했기 때문이라고 한다. 아름다운 휴양지의 이름을 지닌 까닭일까? 이 케이크는 내게 한여름의 지중해 바닷가나 햇살 아래 모든 것이 반짝이는 이상적인 휴가의 나날을 연상시킨다.

트로페지엔 이야기를 꺼낸 이유는 내가 휴가에서 막 돌아온 참이기 때문이다. 휴가를 마치고 집으로 돌아와 짐을 풀려는 순간 창밖으로 폭우가 쏟아졌다. 빗소리를 들으며 멍하니 앉아 있다 보니 한 편의 소설이 생각났다. 베른하르트 슐링크의 『여름 거짓말』에 실린 「성수기가 끝나고」라는 소설이다.

　　제목을 통해서도 짐작할 수 있지만 「성수기가 끝나고」는 휴가와 관련된 소설이다. 성수기가 끝나 텅 빈 휴가지에서 만난 리처드와 수전은 국적이나 계층, 그 밖의 많은 것들이 다르지만 사랑에 빠지고 결국 미래를 함께하기로 결정한다. 그리고 휴가가 끝났을 때 리처드와 수전은 기존의 생활을 정리하기 위해 각자 자신들의 집이 있는 뉴욕과 로스앤젤레스로 떠난다. 뻔한 사랑 이야기처럼 보이는 이 소설을 좋아하는 이유는 이야기의 마지막 부분 때문이다. 뉴욕으로 돌아온 순간 리처드는 휴가지에 있는 동안 수전에게 자기 인생의 어떤 부분들을 감추고 있었다는 것을 깨달아 간다. 그리고 그는 뉴욕의 허름한 아파트 현관 앞에 커다란 트렁크를 놓고 앉아 있는 그 짧은 사이, 어떤 진실을 알아차리게 된다. 수전을 사랑하긴 하지만 서로 너무나도 다른 삶을 살아왔고, 자신은 지금껏 유지해 온 인생을 바꾸고 싶어 하지 않는다는 진실을 말이다.

여름을 배경으로 하는 일곱 편의 이야기들이 실린 『여름 거짓말』에는 이렇듯 자신의 행복을 지키기 위해 어떤 식으로든 타인에게 혹은 자기 자신에게 거짓말을 하는 인물들이 등장한다. 그리고 슐링크는 사람이라면 누구나 하는 크고 작은 거짓말과 그 이면에 감추어진 진실의 영역을 섬세한 방식으로 드러낸다. 우리는 어째서 거짓말을 거듭하는 걸까?

행복이 무엇인지는 잘 모르겠지만, 일상을 괄호 안에 넣어두는 휴가가 삶을 지속하는 데 필요한 것처럼, 인간에게는 때로 진실을 괄호 안에 넣어두는 거짓말도 필요한 것이 아닐까 생각할 때가 있다. 에메랄드빛 바다와 부드러운 모래가 나른한 꿈처럼 펼쳐지고, 뜨거운 태양 아래 올리브가 익는 곳에서의 휴가를 닮은, 미혹으로 가득 찼지만 아름다운 거짓말이. 하지만 여름의 끝을 알리는 폭우마저 그치고 나면 우리는 다시 집으로 돌아와 트렁크를 창고 깊숙이 넣어두어야만 한다. 틀림없이 쓸쓸하고 때로는 고통스럽기까지

한 일이지만, 계절은 바뀌고, 괄호 안에 넣어두었던 것들과 대면해야 하는 시간은 우리를 어김없이 찾아오니까.

어른이
된다는 것

〃 파스트라미 샌드위치
〃 필립 로스, 『울분』

특강 초청을 받아 이십 대 초반을 보낸 학교를 찾았다. 그곳에서 그리 멀리 떨어지지 않은 학교에서 대학원 생활을 했으니 근처까지 갈 일은 많았지만 내가 수업을 듣고 주로 생활하던 문과대 건물이 있는 곳까지 올라간 것은 오랜만의 일이었다. 일부러 피한 것은 아니었고, 굳이 그곳까지 갈 필요가 없었을 뿐이라고 여겨왔지만, 학부 시절 수업을 듣기도 했던 강의실 안의 학생들 앞에 서 있자니 어쩌면 나는 긴 시간 동안 나의 한 시절을 잊고 살고 싶었던 것이었는지도 모른다는 생각이 들었다.

강의를 하는 사람이 되어 여러 학교를 다니게 되면서 내 마음을 유독 끄는 풍경은 학기 초의 캠퍼스다. 어느 학교든 학기 초의 캠퍼스는 언제나 활기로 가득하다. 신입 동아리원을 모집하려고 알록달록 꾸민 부스들 사이를 걷다 보면 자연스럽게 '젊음'이라든가 '청춘' 같은 단어들이 떠오른다. 이십 대에는 '나'라는 책에서 삭제된 것처럼 느껴지던 단어들. 돌이켜보면 그렇게 느끼는 것 역시 젊음을 앓는 증상이었을 테지만, 그때 나는 그것을 몰랐다.

3월이 되면 강의실에 앉아 있는 파릇파릇한 학생들과 즐겨 읽는 작품 중 하나가 필립 로스의 『울분』이다. 필립 로스의 소설을 읽으며 좋은 소설의 기준과 여성을 재현하는 방식 등에 대해 토론하는 시간을 갖는 걸 좋아하긴 하지만, 그의 많은 소설들 중에서 굳이 『울분』을 같이 읽는 이유는 다른 어떤 나이대의 독자들보다 이십 대 초반의 이들에게 특별하게 다가가는 무언가가 있을 것 같기 때문이다. 『울분』은 무엇보다 청춘에 관한 소설이니까.

『울분』을 빵에 비유해야 한다면 파스트라미 샌드위치는 어떨까? 1800년대 후반 리투아니아 출신 이민자가 만들어 팔기 시작했고, 오늘날에는 뉴욕의 대표적인 유대인 먹거리가 되었다는 파스트라미 샌드위치. 이 샌드위치가 떠오른 이유는 단지 『울분』의 주인공이 미국에 사는 유대인 이민자이기 때문만은 아니다. 그보다는 언젠가, 파스트라미 샌드위치가 어떤 음식인지 궁금해 찾아보았을 때 발견한 한 장의 사진 때문이었던 것 같다. 호밀빵 사이에 켜켜이 쌓여 있던 훈제 고기의 피처럼 붉은색이 『울분』 초반에 작가가 공들여 그려놓은 코셔 정육점에서의 도살 이미지를 내게 연상시켰던 것이다.

한국전쟁이 발발하던 시기의 미국을 배경으로 하는 이 소설 속 주인공 마커스는 코셔 정육점을 운영하는 부모님을 도우며 문제없이 잘 살아왔다. 하지만 성인이 되자마자 아버지와의 관계가 회복하기 어려울 정도로 틀어져버리고 만다. 아들에게 무슨 일이 생겨 죽어버릴지도 모른다는 불안감에 휩싸인 채 아버지가 광적으로 아들의 안위를 걱정하기 시작했기 때문이다. 이런 아버지를 견디지 못한 마커스는 집에서 벗어나기 위해 먼 곳의 대학으로 진학해버린다. 아버지는 아들을 불행으로부터 지키고 싶어 했지만 그런 아버지를 피해 마커스가 집을 떠나고, 새로운 대학 생활에 부적응해 쫓겨나는 바람에 한국전쟁에 끌려가 결국 죽음에 이른다는 사실은 아이러니하다.

> 인생이 그래서 그래. 발을 아주 조금만 잘못 디뎌도 비극적인 결과가 생길 수 있으니까.*

아들을 걱정하는 아버지처럼, 소설 속 다른 어른들도 주인공을 위한다는 이유로 그의 자유를 억압한다. 규율과 속박으로 가득한 대학교를 대표하는 학생 과장이나 아들 여자 친구의 손목에서 자살 시도 흔적을 발견한 이후 그녀와 헤어질 것을 종용하는 어머니까지, 어른들은 한결같이, 갓 성인의 세계에 입문한 주인공에게 말한다.

> 너는 네 감정보다 큰 사람이 되어야 해. 너한테 이런 요구를 하는 건 내가 아니야. 인생이 요구하는 거야.**

---

* 『울분』, 23쪽.
** 『울분』, 184~185쪽.

어른이란 "역겨워서 구역질이" 나더라도 "할 일은 해야 한다는 것"을 "기쁜 마음으로" 받아들일 줄 아는 사람인 걸까? 하지만 마커스의 비극적인 죽음은 타인의 인생을 통제할 수 있다는 믿음이 얼마나 오만한 착각인가를 생각하게 한다. 자신의 인생을 통제하는 일조차 번번이 실패하는 우리가 말이다.

모교에서 후배들에게 소설과 소설가의 삶에 대해서 이야기를 하고 강의실을 빠져나오는데, 몇몇 후배들이 따라오더니 예술가로서의 삶을 선택한 용기가 어디에서 났느냐고 묻는다. 하고 싶은 일이 있지만 사회의 시선이나 압력 때문에 용기가 나시 않는다면서. 후배들에게 조언을 해줄 만큼 나 스스로 잘 살고 있는지는 좀처럼 모르겠고, 내가 그들이 상상하고 기대하는 예술가상에 걸맞은 인생을 살고 있는 것 같지도 않지만, 답을 구하는 후배들의 눈빛이 간절해 보여 나는 고민 끝에 내면의 목소리에 귀를 기울여보면 어떨까라고 답한다. 다른 이들의 아우성에 가려 자신의 목소리를 듣지 못한 채 불안과 두려움의 파도에 쉽게 휩쓸려버리는 시기가 이십 대이기도 하니까.

그러고 보면 어른이 된다는 것은, 사람에게 누구나 저마다 누려야 할 몫의 행복과 불행, 성공과 좌절, 자유와 책임이 있음을 깨닫고 존중할 때에야 비로소 가능한 일인지도 모르겠다.

사악한 표정의 잭 오 랜턴과
밤의 시간

〃 펌킨파이
〃 가브리엘 가르시아 마르케스,
　『꿈을 빌려드립니다』

　얼마 전 시장을 지나다가 커다란 늙은 호박을 보았다. 하나 사 오고 싶었는데 너무 무거워 포기하고 돌아오니 계속 생각이 난다. 호박죽부터 호박전까지 늙은 호박 하나면 해 먹을 수 있는 게 얼마나 많은지. 아주 오래전, 주홍색으로 잘 익은 호박을 산처럼 쌓아놓고 파는 걸 본 적이 있다. 끝도 보이지 않게 광활한 옥수수밭이 있는 먼 나라에서였다. 그곳에서는 늦가을이면 어디서나 늙은 호박을 볼 수 있었다. 호박의 속을 파내고 사악한 표정을 조각해 만드는 잭 오 랜턴과 설탕, 시나몬 가루, 우유 등을 넣어 만든 호박 퓌레로 속을 채운 펌킨파이도. 드디어 핼러윈의 밤, 저마다 무시무시한 얼굴을 조각한다고 했을 텐데도, 집집이 현관 앞에 내놓은 호박등의 불빛은 아름다웠다. 분장을 한 채 이웃집 문을 두드리는 아이들의 얼굴에는 천진한 기대가 환했다. 유령이나 귀신처럼 허공을 부유하는 존재들과도 기꺼이 정다운 친구가 될 수 있을 것만 같은 밤. 한 집에서 다른 집으로, 또 다른 집으로 한밤의 산책을 하는 동안, 아이들은 아무도 모르게 조금씩 자라고 있었을 것이다.

　　어렸을 때 귀신은 무섭고도 흥미로운 존재였다. 방학을 맞이해 큰집에 놀러 가면 밤마다 사촌 언니에게 무서운 이야기를 해달라고 졸랐다. 그러면 상냥한 언니는 지겨워하지도 않고 어린 나에게 귀신 이야기를 들려줬다. 내 다리 내놔 하며 쫓아오는, 원한 맺힌 여자의 이야기나 창틀에 팔을 괴고 가만히 앉아 있던 어여쁜 여자가 알고 보니 몸뚱이 없는 귀신이어서 팔꿈치로 걸어왔다는 이야기 같은 것들. 어찌나 탁월한 이야기꾼이었는지 언니는 적절한 순간에 호흡을 멈추어 호기심을 자아내거나, 긴장을 고조시켜야 할 때는 목소리를 점점 더 높일 줄도 알았다. 그러고 보면 내가 소설가가 된 것은 이렇게 이야기들로 나의 혼을 빼놓은 사람들이 주변에 많았기 때문인지도 모르겠다.

어린 시절에는 무서운 이야기를 꽤 좋아했는데, 언제부터 그런 것들에 대한 관심이 사라진 걸까? 어떤 계기가 있었던 것은 아니지만 어느새 나는 더 이상 귀신 이야기에 좀처럼 흥미를 느끼지 못하는 사람이 되어 있었다. 매 여름마다 새로운 공포 영화들이 출시되지만, 그것들을 내가 찾아보는 일은 결코 없다. 잔인한 장면이나, 불필요하게 조여오는 긴장감 같은 것이 싫기 때문이기도 하지만, 조금 더 솔직히 말하면 귀신 이야기에 그다지 매력을 느끼지 못하는 것뿐이다.

『백 년 동안의 고독』으로 우리에게 잘 알려진 가브리엘 가르시아 마르케스가 쓴 책 중에『꿈을 빌려드립니다』라는 소설집이 있다. 마술적 리얼리즘이나 현대 라틴아메리카를 대표하는 작가 등의 수식어가 항상 따라다니는 마르케스의 중단편들을 모은 이 책에는 에메랄드가 눈처럼 박혀 있는 뱀 모양 반지를 낀 채 미래를 예언하던 여자가 갑작스럽게 죽음을 맞이하거나(「꿈을 빌려드립니다」) 세상에서 가장 잘생겼지만 동시에 가장 측은해 보이고, 놀라울 정도로 덩치가 커다란 익사체가 어느 날 해안가의 작은 마을에 떠내려오는 식의(「물에 빠져 죽은 이 세상에서 가장 멋진 남자」) 비현실적이고도 기이한 이야기들이 실려 있다.

그중 내게 가장 깊은 인상을 남긴 소설은 「난 전화를 걸려고 온 것뿐이에요」다. 이 소설은 봄비가 내리던 어느 오후 한 아리따운 멕시코 여자가 남편을 만나기 위해 바르셀로나로 향하는 장면으로 시작한다. 하지만 사막 지역에서 자동차가 고장 나버리고, 그녀는 남편에게 약속 시간에 맞춰 도착하지 못할 거라는 말을 전하기 위해 누군가의 차를 얻어 타고 전화가 있는 곳으로 가야만 하는 처지에 놓이고 만다. 문제는 그녀가 얻어 탄 버스가 하필 인근의 정신병원으로 환자들을 이송하던 중이었다는 것이다. 병원의 사람들은 단지 전화를 걸기 위해 온 것뿐이라는 그녀의 말을 전혀 믿지 않고 오히려 그렇게 반복적으로 말하는 것이 그녀의 강박 증상이라고 생각해 수면제를 주사하고 손목과 발목을 꽁꽁 묶는다.

자신이 정상임을 아무도, 심지어 남편조차도 믿어주지 않아 결국 정신병원에 평생 감금되는 마리아의 이야기는 어떤 공포 이야기보다도 더 섬뜩한 구석이 있다. 많은 경우 우리는 이성을 내세워 광기를 억압하고 통제해야 한다고 생각하지만 이 소설을 읽다 보면 진짜 미친 것이 마리아인지, 아니면 그녀를 무조건 가두려고만 하는 정신병원의 사람들인지 의심스러워지기 시작한다. 이성은 중요한 것이 틀림없지만 그것만으로 우리는 세계를, 인간을 온전히 이해하고 설명할 수 있을까?

어린 시절 나를 무섭게 만드는 것은 비현실의 세계였다. 귀신이나 지옥처럼, 누구도 명료하게 그 존재에 대해 설명할 수 없는 것들. 그런데 이제는 오히려 너무나 명료한 것들이 더 두려울 때가 있다. 이를테면 칼로 벤 자국처럼 선명한 말이나 확신에 찬 주장 같은 것들. 자신이 틀렸을 수도 있음은 상상조차 하지 못하는 이상한 신념들.

지나치게 눈부신 빛 속에 서 있다는 생각에 갑작스럽게 현기증이 나고 두려워지면, 언젠가부터 나는 기꺼이 어스름 쪽으로 눈을 돌린다. 창가에 어린 입김과 계절과 계절 사이의 바람 냄새, 새벽에 내리는 첫눈과 말이 되지 못한 채 기척으로만 존재하는 마음 쪽으로. 붙잡으려는 순간 사라짐으로써만 존재하는 어떤 것들이 지닌 아름다움을 나는 무척 사랑한다.

이 세상에 아주 많은 마음,
마음들

〃 브라우니즈 쿠키
〃 김희경 글·이보나 흐미엘레프스카 그림,
　『마음의 집』

SNS의 바다를 둥둥 떠다니다가 어디서 많이 본 구절과 맞닥뜨린 적이 있다. 나의 두 번째 소설집 『참담한 빛』에 실린 어떤 소설의 일부였다. 유명하지도 않고, 그다지 애독자가 많지도 않은 내 소설 중 일부를 정성껏 적어 올려준 이가 누군지 궁금해 클릭해보니 포스팅의 주인은 한 서점의 운영자인 듯했다. 한국 소설 중심의 소규모 서점이라는 소개 문구를 프로필에 달고 있는 '책방 서로'를 나는 그렇게 알게 됐다.

시간이 흐르는 것은 자연의 이치고, 어제와 오늘

사이에 물리적인 금이 그어진 것도 아닌데 참 이상한 일이다. 새해가 밝았다는 이유만으로 희망이 부풀어 오르더니, 1월 1일부터 며칠 동안은 모든 일에 낙관적이고 너그러운 마음이 들었으니까. 생전 누군가에게 먼저 무언가를 같이하자고 제안하는 법이 없는 내가 혹시 필요하면 서점에 들러 내 책 몇 권에 사인을 해놓고 와도 되는지 용기 내어 물어보았던 것은 아마 그 때문이었는지도 모른다. 새해 무렵이 아니었다면, 수많은 한국 소설들 중에서 몇 년 전 출간한 내 책을 발견해준 이에게 고마움을 전하기 위해 코코아 파우더와 바닐라 향을 넣은 반죽을 돌돌 말아서 굽는 브라우니즈 쿠키를 만들어 갈 용기도 내지는 못했을 것이다.

해가 바뀌고 며칠은 모든 일에 의욕이 가득했다. 세상은 호의로 넘쳐나는 것만 같고, 나의 불확실한 미래를 상상할 때조차도 볼이 빨간 애인과의 첫 데이트 전날 밤처럼 기분 좋은 설렘으로 가슴이 뛰었다. 하지만 평소와 달리 기분이 지나치게 좋은 날들이 계속되자 '갑자기 대체 왜 이러지?' 하고 의아한 생각이 들기 시작하고, 머지않아 '이 마음이 곧 사라지고 말 텐데' 하는 생각에 무서울 지경이 되기에 이르렀다. 아니나

다를까, 설렘으로 가득했던 새해의 첫 며칠이 지나고
나자 마음은 볼품없이 쪼그라들어 좀처럼 원래의 모
습으로 되돌아갈 생각을 하지 않는다. 제멋대로 부풀
었다가, 또 제멋대로 푹 꺼져버리는 마음이란 대체 무
엇일까?

　나의 것이 분명한데도 내 의지와 무관하게 마음이
두둥실 떠올랐다가 바닥으로 곤두박질치는 일이 힘들
때, 그래서 내가 마음의 주인인지 마음이 나의 주인인
지 도무지 알 수 없는 기분이 들 때 펼쳐보는 그림책이
있다. 『마음의 집』이라는 그림책이 바로 그것이다.

　"우리 마음은 어디에 있을까?" "도대체 마음은
무엇일까?"라는 질문을 던지는 이 그림책에는 글이
그다지 많지 않다. 하지만 사려 깊은 섬세함으로 가득
찬 이 책을 한 장 한 장 넘기며, 그림을 찬찬히 살펴보
고 시처럼 간결한 글을 따라 읽어나가다 보면, 한밤에
눈이 내리는 풍경을 바라볼 때처럼 고요한 감동이 느
껴지곤 한다. 이를테면 이런 대목 때문에.

　네 마음의 집이 잘 보이지 않을 때/ 스러져 갈
　때/ 마음의 방에 혼자 있을 때/ 창밖으로 비가

올 때라도// 걱정하지 마.// 이 세상에는 다른 마음들이 아주 많거든.// 그 마음들이 네 마음을 도와줄 거야./ 언제나 너를 도와줄 거야.*

올해는 존재의 가치를 증명해야 할 필요가 있는 사람처럼 억지로 거창한 목표를 세우지 않으면 어떨까? 마치 내일이면 세상이 끝장날 것처럼 모든 일을 당장의 손해와 이익으로 계산하지도 말고. 싫어하는 노래를 다른 사람들이 부른다고 해서 억지로 따라 부르지 않는다면, 고통을 쉽게 외면하거나 누군가의 상처에 대해 가볍게 말하지 않는다면. 새해에 당신과 내가 들여다보았으면 하는 것은 오직 마음. 빈집처럼 쓸쓸하지만 마시멜로처럼 달콤하고, 쿠키 조각처럼 바삭거리며 쉽게 부서지거나 구멍 뚫린 양말처럼 초라하다가도, 털실 뭉치를 닮은 강아지의 엉덩이처럼 둥글고 따뜻해지는 마음, 마음, 마음들.

* 『마음의 집』, 51~55쪽.

나만의
식빵

동네 슈퍼에서 간단한 생필품을 사서 나오는 길이었다. 초여름의 저녁이라 바람은 선선하고 초록은 무성했다. 폭염이 시작하기 전의 짧은 계절을 즐기려는 듯, 사람들은 하천을 따라 조성된 산책로를 거닐고 있었다. 나 역시 이대로 집으로 돌아가는 것은 아쉬워 발걸음을 돌려 잠깐 걷기로 했다.

지하철역을 지나고, 큰 차도를 한 번 더 건너면, 작은 식당들과 아기자기한 카페들이 들어선 골목이 등장한다. 그리고 그 거리의 초입엔 서울 여기저기에

분점을 갖고 있기도 한 유명 제과점의 본점이 있다. 먼 나라의 옛 황제 이름을 딴 그 제과점은 규모가 어마어마한데, 지금 사는 동네로 이사 와 말로만 듣던 그곳에 가보게 되었을 때 나를 놀라게 했던 것은 압도적인 건물의 크기뿐만이 아니라, 언제 들르더라도 길게 줄을 서 있던 사람들의 숫자였다. 내가 좋아하는 동네 빵집 특유의 아담함과는 거리가 멀고, 무엇보다 갈 때마다 전투적으로 빵을 쓸어 담는 사람들과 경쟁하듯 빵을 골라야 하는 것이 싫어 언젠가부터 자주 가게 되지는 않지만, 그래도 나는 이따금씩, 초코칩이 콕콕 박혀 있는 모닝빵이라든지, 옛날식 크림빵 같은 게 먹고 싶어질 때면 일부러 발품을 들여 그곳을 찾아가기도 한다. 일주일이 넘도록 식탁 위에 올려놓아도 상하지 않는 대기업 프랜차이즈의 빵들과 달리, 단 며칠 만에 곰팡이가 피는 그 제과점의 신선한 빵이 생각날 때가 있기 때문이다.

오늘은 마감 시간이 임박해 있어 거의 텅 비어버린 진열대 사이를 거닐다가 식빵 한 덩이를 골랐다. 내가 좋아하는 밤식빵을 팔지 않는 것은 아쉽지만, 속이 촉촉한 식빵 한 덩이가 있으면 한동안 아침 식사로 무얼 먹어야 할지 고민할 필요는 없어질 거였다. 그리고 그렇게 식빵을 한 덩이 사들고 집으로 가기 위해 비탈을 홀로 오르는데 쓸쓸해서 더 아름다운 시 한 편이 떠올랐다.

　나의 전생은
　커다란 식빵 같아

　누군가 조금씩 나를 떼어
　흘리며 걸어가는 기분

　그러다 덩어리째 버려져
　딱딱하게 굳어가는 기분*

　몇 해 전, 신촌에 작은 방을 얻어 살았던 적이 있다. 술집들이 즐비한 골목 입구에 위치한 건물의 꼭대기 층 방이었다. 여름에 몹시 더운 만큼 겨울엔 몹시 추운 방이었고, 시도 때도 없이 바퀴벌레가 출몰했으며, 딸려 있는 가구들은 하나같이 촌스럽고 낡아 눈길이 닿는 곳마다 생존을 위해선 아름다움에 대한 관념

*　안희연, 「메이트」부분, 『밤이라고 부르는 것들 속에는』, 현대문학, 2019, 70쪽.

을 버리라고 내게 끊임없이 종용하는 우울한 방이었다. 하지만 그곳에서의 생활은 그다지 나쁘지 않았는데, 자정이 넘은 시간에도 야식이 먹고 싶어지면 내려가 사 올 수 있는 떡볶이 포장마차가 코앞에 있었고, 대학 시절과 습작 시절 내내 친구들과 술을 먹고 기분 좋게 취해 걷던 거리들이 가까이 있었기 때문이다. 그곳에 살던 2년 남짓한 시간 동안 나는 글을 쓰다 막히면 집 밖으로 나가, 골목들을 걷곤 했다. 밤의 흥성함이 휩쓸고 지나간 거리는 대체로 쓸쓸했고, 한낮의 햇살 아래서, 깨진 유리병 조각처럼 서글프게 반짝였다.

그 빵집을 발견했던 때는 그런 한낮의 산책을 하던 날들 중 하나였을 것이다. 그곳은 제빵사의 이름 석 자를 걸고 오로지 식빵만을 파는 작은 가게였다. 요란한 간판이나 진열장도 없이, 나중에는 소보로빵을 팔기도 했던 것 같지만, 처음엔 제빵사 한 분이 우유식빵 딱 한 종류만을 만들어 팔던 그 빵집을 나는 퍽 좋아했다. 하루치 만들어둔 빵을 다 소진하면 더 이상 만들어 팔지 않는 가게라 때로는 빈손으로 돌아와야 할 때도 있었지만, 운이 좋게 갓 구운 통식빵 한 덩이를 사서 들고 집으로 돌아오는 날에는 귀한 것을 품고 걷는 사람처럼 마음이 기쁨으로 찰랑이기도 했다.

식빵의 맛도 훌륭했지만, 내가 그 빵집에 각별한 애정을 품어왔던 이유는 그곳이 식빵 한 종류만을 만들어 파는 곳이었기 때문일 것이다. 한 가지에 집중해서 온 힘을 다해 만드는 '장인'들을 볼 때면 나는 저절로 존경심을 품게 된다. 그건 자신이 만드는 것에 대한 자부와 자긍, 용기와 신념을 가진 사람만이 가질 수 있는 삶의 태도일 텐데, 그 모든 것들은 나에게 결여되어 있는 자질이라고 항상 생각하는 편이기 때문이다.

살다 보면 간혹 우울한 날, 마음이 더없이 어둡고, 내 자신이 초라하게만 느껴지는 날들도 있다. 그런 날들엔, 나는 분명 4대째 곰탕 한 그릇만을 끓여왔다거나, 직접 뽑은 메밀면으로 평양냉면 한 종류만을 팔아왔다 써 붙이는 식당을 꿈꿔왔는데 어쩌다 조미료 맛으로 대동단결한 제육볶음이나 떡국, 자장면과 라면을 닥치는 대로 만들어 파는 분식점이 되고 만 걸까 하는 익숙한 자괴감에 빠지기도 한다. 어느 한 가지를 깊이 있게 할 줄 몰라서, 여기저기만 기웃거리다가 그 무엇도 제대로 쌓아 올리지 못한 인생이 되어버린 것은 아닐까, 하는 두려움.

그리고 그렇게, 그런 생각들이 초대한 적 없는 친구처럼 불쑥 나를 방문할 때면, 그래서 나 자신이 한없이 보잘것없어 보이고 내가 해왔던 선택들이 결국엔 다 잘못된 것처럼 느껴질 때면, 마음속으로 마법의 주문을 외듯 읊조리는 문장이 하나 있다. 괜찮아, 나에게는 소설이 있어.

소설이 삶을 닮은 것이라면, 한길로 꼿꼿이 가지 못하고 휘청휘청 비틀댄다 해도 뭐 어떤가. 내가 걷는 모든 걸음걸음이 결국엔 소설 쓰기의 일부가 될 텐데. 길 잃고 접어든 더러운 골목에서 맞닥뜨리는, 누군가 허물처럼 벗어놓고 간 쓰레기들과 죽은 쥐마저도 내 빵에 필요한 이스트나 밀가루가 될 텐데. 그러므로 그림자처럼, 한낮의 시간에는 더욱 짙어지는 익숙한 열등감과 수치심이 찾아오면, 이제 나는 그것들을 양지바른 곳에 펼쳐놓고 마르길 기다리며 찬찬히 들여다본다. 오븐의 열기는 하오의 볕처럼 공평하니까 어쩌면 내가 소설을 쓰는 사람인 한, 나에게도 언젠가는 따뜻한 식빵 한 덩이가 생길지도 모른다고 믿어보면서.

하나씩 구워낸
문장들

소설 쓰는
마음 1

백지는 망망대해와도 같다. 너무 드넓어, 나는 백지 앞에서 종종 길을 잃는다. 어느 방향으로 몸을 틀어야 육지 쪽으로 나아갈 수 있는지 좀처럼 알기가 어렵기 때문이다. 첫 문장을 쓴다는 것은 표류해 있던 내가 어느 쪽으로든 방향을 돌려 물살을 헤치고 나아가보겠다는 의지의 표명이다. 첫 문장을 쓰는 것이 어렵지 막상 어떤 식으로든 한 문장을 쓰고 나면 다른 문장들은 상대적으로 쉽게 딸려 나오게 마련이지만, 그렇게 이어지는 문장들이 나를 어느 곳으로 데려가려는지 나는 모른다.

다른 소설가들은 어떤지 잘 모르겠지만, 소설을 쓸 때 내가 가장 좋아하는 건 구상과 퇴고의 단계이다. 가장 싫어하는 것은 아무래도 초고를 만드는 단계. 초고를 쓸 때 나는 바람의 압력을 이겨내고 물살을 거슬러 헤엄치는 사람이다. 가까스로 방향을 잡고 팔을 내저어봤자, 내 뜻대로 되는 건 아무것도 없어서 자주 낙담하고 또 낙담하는 비운의 표류자. 인물들은 내가 원하는 방향으로 한 번에 가주는 법이 없고, 몇 번이나 상상했던 근사한 장면조차 언어의 옷을 입혀놓으면 내 머릿속의 그것과는 조금도 닮아 있지 않다. 내가 써놓은 것과 쓰고 싶은 것 사이의 간극 때문에 괴로울 때면 나는 파스칼 키냐르의 말을 떠올린다.

언어는 그것을 갖고 있지 않은 자가 뒤늦게 얻는 것입니다. 언어에는 상실의 자리만 있을 뿐 다른 자리는 없어요. 언어는 항상 인류를 저버리고 떠나는 중입니다. 제가 보기에는 언어의 결여가 인간의 가장 근본적인 경험입니다.*

* 파스칼 키냐르·샹탈 라페르데메종 지음, 류재화 옮김, 『파스칼 키냐르의 말』, 마음산책, 2018, 88쪽.

키냐르의 말처럼 언어에는 상실의 자리만 있을 뿐이라면, 글을 쓸 때마다 빈 주머니를 더듬는 사람처럼 이토록 쓸쓸해지는 것은 태초부터 우리에게 결여되어 있는 수단으로 표현해야 하는 작가들의 숙명인지도 모르겠다.

초고를 쓰다 막히면 습관처럼 두려움이 찾아오기도 한다. 경계한다고 노력했지만 언젠가 읽은 누군가의 문장이나 표현이 무의식에 남아 내 글에 섞여 있으면 어쩌나 하는 불안 같은 것. 하지만 나를 가장 힘들게 하는 것은 이전 소설에 드러난 나의 한계가 이번 소설에서도 반복되는 게 아닐까 하는 두려움이다.

소설이 잘 풀리지 않을 때, 상념이 많아지고 마음만 초조해질 때, 내가 나에게 내리는 처방은 과감하게 쓰는 것을 멈추는 일이다. 노트북을 끄고, 긴 산책을 나서거나 강아지를 목욕시키다 보면 기분이 전환되는 날도 있다. 하지만 그래도 아무것도 해결이 되지 않을 때, 엉켜 있는 실타래가 점점 더 꼬이기만 할 때면 나는 찬장을 뒤진다. 커다란 볼과, 밀가루, 설탕 같은 것들을 찾기 위해서. 냉장고 안에 계란이나 버터까지 있으면 더 좋겠다.

마감 날짜가 다가오는데, 심지어 지났는데, 내가 직접 구운 케이크나 머핀 같은 걸 사진 찍어 SNS에 올려댄다면 편집자님들이여, 그걸 보고 부디 노여워 마시길. 내가 베이킹을 하고 있다면 그건 시간이 남아돌기 때문은 결코 아니니까. 베이킹을 하는 동안 빨래는 쌓여 있고, 집 안 도처에는 먼지가 나뒹굴며, 냉장고 안의 채소와 과일은 썩어가는 중일 것이다. 마감 중 일상이 엉망이 되는 것은 소설이 잘 써지지 않기 때문만은 아니다. 잘 써질 때는 또 너무 잘 써진다는 이유로 일상은 쉽게 방치된다. 나는 가능하면 전화기를 꺼놓고 있고, 잡아둔 약속을 펑크 내고, 쌓여가는 메일에 자꾸만 답장을 미룬다. 메리 올리버는 작가들이 종종 처하게 되는 이런 상태에 대해서 이렇게 쓰고 있다.

지금은 아침 여섯 시고, 나는 작업 중이다. 나는 멍하고, 무모하고, 사회적 의무 같은 것들에 소홀하다. 꼭 그래야만 하는 상태다. 타이어에 구멍이 나고, 이가 빠지고, 백 번쯤 겨자 없이 식사를 해야 할 것이다. 시가 써진다. 나는 천사와 씨름했고 빛에 물들었고 아무 부끄러움이 없다. 죄책감도 없다. 나에게는 평범해야 하거

나 시간을 맞춰야 할 책임이 없다. 겨자나 이에
대한 책임도 없다. 잃어버린 단추나 냄비 안의
콩에 대한 책임도 없다. 나는 언제 어떤 방식으
로든 영감이 찾아오면 그것에 충실할 뿐이다.
내가 당신과 세 시에 만나기로 약속했는데 만
일 늦는다면, 크게 기뻐하라. 내가 아예 나타나
지 않는다면, 더 크게 기뻐하라.*

가까스로 소설을 완성하고, 답장이 늦어서 죄송합
니다, 라고 시작하는 메일들을 수도 없이 쓰고, 상해버
린 과일들을 버리거나, 그간의 무심함을 서운해하는
가족이나 친구들에게 전화를 걸어 사과와 변명을 할
때마다 대체 소설이 무엇이기에 이토록 매번 고통스
러운 과정을 반복해야 하는 걸까 자괴감에 빠지기도
한다. 소설이 무엇인지는 여전히 모르겠고, 나는 매번
백지 앞에서 초심자처럼 두렵고 막막하지만, 한 가지
그래도 지난 시간 동안 바뀐 것이 있다면, 소설을 쓰는
재능에 대한 회의나 의구심이 불쑥불쑥 찾아올 때마
다 그것들을 곱게 접어 서랍 한구석에 넣어둘 수 있게

* 메리 올리버 지음, 민승남 옮김, 『긴 호흡』, 마음산책, 2019, 19~20쪽.

되었다는 점이다. 내 소설이 지닌 효용이나 가치에 대해 묻는 일도 관두기로 했다. 좋은 소설을 나는 어쩌면 끝끝내 쓰지 못할지도 모르겠다.

나는 열심히 책을 읽으며 기술을 연마하고 확실성을 얻어갔다. 나는 사람들이 물에 빠져 죽지 않기 위해 헤엄치는 것처럼 읽었다. 그리고 그렇게 글을 썼다.*

소설이 무엇인지는 좀처럼 모르겠지만, 어쩌다 이토록 고통스러운 사랑에 빠져버린 것인지도 알 수 없지만, 한 가지 확실히 말할 수 있는 건 소설을 계속 쓸 수 있는 사람이 되고 싶다는 것이다. 소설을 쓰고 싶다. 물에 빠져 죽지 않기 위해 헤엄치는 사람처럼, 그렇게. 어딘가에 가닿을지는 알지 못하지만, 필사적으로, 한동안은 더 그렇게 소설을 쓸 수 있다면 좋겠다.

* 『긴 호흡』, 47쪽.

상처는
스스로 빛을 낸다

〃 마카롱
〃 앤 카슨, 『남편의 아름다움』

　　11월은 이상한 달이다. 마음이 온통 스산해지곤 하기 때문이다. 12월이 수많은 만남들로 상념에 빠질 새가 없는 달이라면 11월은 다르다. 헐벗은 나무, 매섭게 추워지는 공기, 그리고 얼마 남지 않은 달력의 뒷장. 한 해의 무상함을 떠올리게 되는 때가 나는 언제나 11월이었다. 우울의 나락으로 떨어지지 않기 위해 11월이면 내가 하는 일은 한 해 동안 감사했던 이들을 떠올리는 것이다. 그들에게 건넬 카드나 작은 선물도 준비하고. 그런 이유로 연말에 자주 사는 것 중 하나가 마카롱이다. 작고 어여쁜데, 스스로를 위해 사기엔 비싼 마카롱은 내게 타인에게 선물하려고 사는 과자다. 하지만 올 11월, 내가 마카롱을 떠올린 것은 누군가에게 선물하기 위해서만은 아니다.

여성 최초 T. S. 엘리엇상 수상자이기도 한 앤 카슨이 해온 작업의 독창성은 그녀가 고전문학을 연구하고 가르쳐온 학자이며 시인이라는 점에서 기인한다. 그녀는 고전에서 영감을 얻은 후 그것을 재창조하는 방식으로 작품들을 써온 작가다. 내가 그녀의 글을 읽으며 마카롱을 떠올린 첫 번째 이유는 그 때문이었을 것이다. 마카롱 역시 르네상스 시기에 이탈리아에서 처음 만들었던 과자를 현대적으로 해석한 것이기 때문이다. 아몬드 가루로 만든, 단순한 형태의 과자에 불과했던 마카롱은 카트린 드메디시스에 의해 프랑스로 건너간 후 조금씩 오늘날의 모양에 가깝게 변해간다. 하지만 마카롱이 전 세계적으로 사랑받게 된 것은 20세기 초 한 제과점에서 화려한 색깔과 다양한 맛을 지닌 과자로 재탄생시켰기 때문이다.

앤 카슨의 작품 중 『남편의 아름다움』은 미를 탐구하는 데 헌신한 낭만주의 시인 존 키츠의 시들에 영감 받아 쓴 허구적 에세이다. 시 같기도, 소설 같기도 한 이 작품의 화자인 아내는 치명적인 아름다움을 지닌 남자와 사랑에 빠져 어머니의 반대에도 결혼을 한다. 하지만 남편은 어느 날 정부가 생겼다고 고백한 뒤 그녀를 떠난다. 파국으로 끝나는 사랑을 그린 이 글은 언뜻 보면 아름다움을 맹목적으로 추구하는 것이 지닌 위험성을 경고하는 글처럼 읽히기도 한다. 하지만 그렇다면 슬프고 열정적인 탱고의 리듬을 연상시키는, 앤 카슨의 시적인 문장들은 왜 이토록 아름다울까?

오븐 온도나 재료 비율에 조금의 오차가 생기기만 해도 제대로 부풀어 오르지 않는 마카롱의 껍질을 굽듯, 작가가 정교하게 세공한 문장들, "상처는 스스로 빛을 낸다고/ 외과의사들은 말한다./ 집에 불이 다 꺼져 있어도/ 상처에서 나오는 빛으로/ 붕대를 감을 수 있다"거나 "그는 그녀를 찾아다녔다. 모든 곳에서 그녀를 찾아다녔다./ 그의 상상력의/ 빈곤을 통하여. 슬픔 속에서. 참호에서. 늦겨울 숲 속 멀리서/ 사슴이 어른거리는 것처럼" 같은 문장들은 파멸에 이르더라도 포기할 수 없는 어떤 아름다움에 대해서 생각하게 한다. 어지러움만 남기고 입속에서 녹아 사라지는 지독

한 달콤함처럼, 어떤 아름다움은 고통만을 남기는데
도 어째서 결코 포기될 수 없는 걸까. 이성으로는 설명
할 수 없는, 그 비밀스러운 영역이 예술의 영역이라고,
나는 감히 생각한다.

담담하고 부드러운
삶의 조각들

〃 팬케이크
〃 켄트 하루프, 『축복』

지난가을, 어떤 문학 행사에 참여한 일이 있다. 행사의 한 코너로 참여 작가들이 독자들에게 책을 소개하는 시간이 있었다. 선배 소설가들이 책을 어찌나 재미있게 소개하던지 나 역시 다른 독자들처럼 책 제목을 기억해두었다가 집에 돌아와 수첩 한구석에 적어두었다. 그중의 하나가 바로 켄트 하루프의 『축복』이다.

켄트 하루프의 책이 국내에 여러 권 소개되어 있지만 부끄럽게도 나는 그때까지 이 작가를 전혀 알지 못했다. 켄트라는 지극히 미국적인 이름에도 불구하고 책에 대해서 처음 들었을 때 어떤 이유에서인지 이슬람권 국가 출신 작가가 중동을 배경으로 쓴 매혹적인 소설을 상상해버린 것은 그 때문인지도 모른다. 책을 읽어나가면서 그 당혹스러움은 점점 더 짙어졌다. 『축복』은 나의 상상과 달리 매우 우아하고 고요한 방식으로 쓰인, 전형적인 미국 소설이었기 때문이다.

　　미국 중서부의 콜로라도주에 위치한 가상 마을 홀트를 배경으로 하는 이 소설은 그곳에서 철물점을 운영하는 대드 루이스가 암에 걸려 시한부 선고를 받은 이후 생을 마칠 때까지 한 달 남짓한 기간의 이야기를 다루고 있다. 대드 루이스와 그의 아내인 메리, 아버지의 마지막을 지키기 위해 돌아온 딸 로레인, 그리고 집을 나간 아들 프랭크의 이야기가 소설의 중심을 이루는 한편, 홀트의 교회에 새로 부임한 원칙주의자 목사 라일 가족의 이야기와 대드의 이웃인 버타 메이와 손녀딸 앨리스, 그리고 과부 윌라 존슨과 그녀의 딸 에일린의 이야기가 그 위에 겹쳐진다. 소설 속에 등장하는 인물들은 모두 저마다 상처를 지니고 있다. 로레인은 딸을 교통사고로 잃었고, 앨리스는 엄마를 유방암으로 잃었으며, 에일린은 사랑으로 인해 상처를 받았다. 목사 라일 역시 타협을 모르는 성격 탓에 신도들과 갈등을 빚게 되고 결과적으로 그의 가족들에게 크나큰 고통을 안겨준다.

이 소설에는 극적인 화해나 스펙터클한 모험, 마법처럼 신비로운 환상 같은 것은 전혀 없다. 그 대신, 언젠가 미국에 방문했을 때 먹어본 팬케이크를 연상시키는 그런 이야기들이 있다. 고급스럽거나 세련된 것과는 거리가 멀던 파란 지붕의 프랜차이즈 식당. 그곳에서 팔던 투박한 팬케이크처럼 평범하고 일상적이지만 슬픔인 듯, 기쁨인 듯 입안에 오래도록 여운이 남는 담담하고 부드러운 삶의 조각들은 소설의 맛을 더욱 풍성하게 해준다. 소설 속의 인물들이 모두 그러하듯 사람들은 뜻하지 않은 상처를 타인에게 입히고 후회할 일을 만들지만, 또 그것을 만회하기 위해 노력하며 하루하루 살아간다. 그 끝에는 반드시 죽음이 있겠지만, 어둠을 밝히는 다정한 불빛들이 있는 한 길을 잃었던 어린 소녀가 무탈하게 집을 찾아 돌아오는 기적이 일어나기도 하는 것이 삶인 것이다. 그런 의미에서, 이 『축복』은 우리가 쉽게 흘려보내는 일상이야말로

누구에게나 주어진 공평한 몫의 축복이라는 사실을
환기시켜 준다.

불확실한 세계를
읽어내는 일

〃 초콜릿
〃 훌리오 꼬르따사르, 『드러누운 밤』

민 곳에서 녹음해 온 성당의 종소리를 가끔 듣는다. 열두 시만 되면 규칙적으로 울려오던 종소리다. 미사를 드리러 가지는 않지만 여행지에 가면 언제나 성당을 찾는다. 스테인드글라스와 종소리, 예배당 한쪽에 마련된 촛불 같은 것들을 좋아한다. 예불을 드리지는 않지만 고즈넉한 사찰을 사뿐사뿐 걷다 하늘을 올려다보면 어디선가 들려오는 풍경 소리를 아낀다. 교회에 예배를 드리러 가지는 않지만 성가대가 부르는 찬송가의 멜로디와 밥 짓는 냄새, 유년 시절 서툴게 물감으로 칠하던 부활절 계란이 그리울 때도 있다.

프랑스에 처음 살게 되었던 해에는 부활절이 다가오면 제과점 진열장 안을 가득 채우던 초콜릿들이 신기했다. 달걀이나 닭, 혹은 토끼 모양의 초콜릿들. 프랑스 아이들에게 부활절은 부활절 토끼가 집 여기저기에 숨겨놓은 초콜릿을 찾아 먹는 날이라는 걸 내가 알게 된 것은 나에게 프랑스인 친구가 처음으로 생겼을 때였다.

초콜릿을 감추며 놀아줄 아이는 없었지만, 유학 시절엔 나도 작은 토끼나 달걀 모양의 초콜릿을 한두 개씩 사곤 했다. 부활절 휴가를 맞아 학교도 도서관도 문을 닫으면 나는 주로 나의 16제곱미터짜리 자그마한 집에서 시간을 보냈다. 형편없이 옹색하고 불편한 점이 많은 집이었지만 전망이 아름다워 택했던 그 집을 나는 사랑했다. 책상 위에 앉아 책을 읽거나 글을 쓰다 지겨워져서 창밖을 내다보면 강이 보이고, 언덕 위에 우뚝 선 성당이 보이는 방 하나짜리 집이었다. 깨트려 먹기에 아까울 만큼 정교하고 아름다운 부활절 초콜릿은 오랫동안 그 집, 창가 옆, 나의 작고 고요한 책상 위에 올려져 있었다.

그런데 만약 내 책상 위에 있던 것이 토끼 모양의

부활절 초콜릿이 아니라, 사실은 초콜릿만 한 진짜 토끼들이었다면 그것은 얼마나 놀라운 일일까? 게다가 그 토끼들이 내 목구멍에서 튀어나온 것이라면? 훌리오 코르타사르의 『드러누운 밤』에 실린 「빠리의 아가씨에게 보내는 편지」에는 토끼들 때문에 고민인 주인공이 등장한다. 제목을 통해 유추할 수 있듯이 이 소설은 주인공이 파리에 간 여성의 집에 머물며 그녀에게 쓰는 편지 형식으로 이루어져 있는데, 이 주인공에게는 말 못 할 고민이 있다. 그것은 그가 가끔씩 토끼를 토한다는 사실이다. 독자들에게 주인공의 고백은 황당하게 들린다. 하지만 편지를 쓰는 그는 심각하다. 토끼를 토하는 상황이 그의 의지와 상관없이 찾아오기 때문이다. 토끼를 토한다니? 이건 대체 무슨 말이란 말인가? 무슨 영문인지는 알 수 없지만 그는 토끼를 토할 것 같다는 느낌이 찾아올 때마다 핀셋을 대신해 손가락 두 개를 입속에 넣은 후 솜털이 목구멍 위쪽으로 솟아오를 때까지 기다려야 한다고 담담히 고백한다. 그렇게 주인공이 토해낸 토끼는 토끼 모양 초콜릿처럼 작지만 하얀 털을 지닌 완벽한 토끼다.

현실과 비현실의 경계를 넘나드는 코르타사르의

작품들이 그렇듯이 이 소설에서도 작가는 어떻게 이런 기이한 상황이 벌어지게 됐는지에 대해서는 설명해주지 않는다. 다만 작가는 주인공이 자신의 비밀을 밝힐 수밖에 없게 된 이유를 보여줄 뿐이다. 아가씨의 집에 머무는 동안 평소보다 더 많은 토끼를 토하기 시작한 그가 느끼는 절망감과 괴로움에 대해서 말이다. 요컨대 그가 비밀을 털어놓을 수밖에 없었던 것은 열 마리의 토끼들이 아가씨의 집을 엉망진창으로 만들어버렸기 때문이다. 토끼들은 책등을 갉아 먹고 커튼을 망가뜨리며 의자 커버를 뜯어 먹는다. 통제할 수 없어진 토끼들로 인해 엉망진창이 되는 것은 주인공의 삶 또한 마찬가지다.

이 소설에서 '토끼'는 무엇을 상징할까? 사실 '토끼'의 자리는 읽는 사람에 따라 무엇으로든 채울 수 있을 것이다. 예상치 못한 불행이나, 원치 않게 지속되는 불면을 포함해 합리적으로는 설명할 수 없지만 분명히 존재해서 저마다를 고독하고 고통스럽게 만드는 거라면 무엇이든지. 코르타사르의 소설이 매력적인 것은 작가가 느슨하게 배치한 정보들을 독자들이 나름의 방식으로 읽어낼 때 비로소 근사한 이야기가 완성된다는 점이다. 그런 면에서 코르타사르의 불확실한 텍스트는 견고한 듯 보이지만 실은 '스펀지'처럼 구멍이 여기저기 뚫린 현실과 매우 닮아 있다. 그러고 보면 텍스트 안에서뿐 아니라 그 밖에서도, 우연성으로 가득한 세계를 해석하고 나아가 그것을 매력적인 서사로 읽어내는 것은 결국 삶을 살아가는 자들의 몫인지도 모르겠다.

흔한 빵을
나눠 먹고 싶은 사람

〃 멜론빵
〃 기시 마사히코,『단편적인 것의 사회학』

얼마 전, 번역문화원에 초대되어 일본 학생들과 이야기를 나눌 기회가 있었다. 「여름의 정오」를 일본어로 번역하는 수업에서 작가인 나를 초대했기 때문이다. 두 시간 남짓 소설에 관해 진지한 대화를 나누고 헤어지기 전, 용기를 내어 그들에게 한 가지 질문을 던졌다. 내가 물어본 것은 일본인들이 유년 시절 즐겨 먹는 가장 흔한 빵이 무엇인가 하는 점이었다. 이런저런 빵의 이름들을 언급하던 일본인 학생들은 나에게 멜론빵이라는 이름을 알려주었다.

일본 사람들의 추억 속에 존재하는, 일상적이고

흔한 빵이 무엇인지 알고 싶었던 까닭은 그런 빵을 나눠 먹고 싶은 일본인 친구가 최근 생겼기 때문이다. 『단편적인 것의 사회학』의 저자인 기시 마사히코가 바로 그 친구다. 친구라고 말해봤자 사실 그는 나의 존재를 전혀 모르지만. 우리는 단 한 번도 본 적이 없고, 말을 섞어본 적도 없다. 하지만 나는 『단편적인 것의 사회학』을 몇 장 읽자마자 우리가 비슷한 사람이라는 것을 단번에 깨달았다. 이를테면 이런 구절 때문에.

우리 사회학자가 할 일은 남의 이야기를 분석하는 일이다. 한마디로 그러한 폭력과 무관할 수 없다는 말이다. 사회학자가 이 문제를 어떻게 받아들이느냐는 사회학자 각 개인의 과제일 테지만.*

대학에 다닐 때 나는 문학과 사회학 사이에서 서성이는 사람이었다. 사회학을 무척 좋아했으면서도 타인의 삶을 분석하고 판단할 자신이 없어 결국엔 문학을 택했지만. 당신은 나를 모르지만 나는 당신이 어

* 『단편적인 것의 사회학』, 19~20쪽.

떤 사람인지 조금이나마 알 것 같아요. 책을 읽으면서 나는 속으로 몇 번이나 중얼거린다. 당신은 우유부단하다는 말을 듣더라도, 판단을 마지막 순간까지 유보하는 사람. 겉으로 드러나는 사실만 가지고 손쉽게 누군가에게 선이나 악으로 꼬리표를 붙이려 하는 순간에 고통스러워하는 사람. 실제로 기시 마사히코 씨를 만나면 나는 쑥스러워 아무 말도 못 건네겠지만, 그와 직접 말해보지 못하더라도 아무런 문제는 없다. 세상 어딘가에 나와 공명하는 사람이 있다는 생각만으로도 위안이 되기 때문이다. 생각해보면 나는 오래전부터 많은 작가들과 이런 식의 특별한 우정을 남몰래 쌓아왔다.

제목에 '사회학'이라는 단어가 들어 있지만, 이 책은 일본 사회의 소수자들이 들려주는 인생 이야기를 듣고 기록해온 사회학자가 그러한 작업 과정에서 얻은 생각의 윤곽을 더듬는 에세이에 가깝다. 저자는 다양한 소수자들, 재일 코리안이나 피차별 부락민, 장애인 혹은 동성애자 같은 사람들의 인생 이야기를 듣는 충실한 청자다. 사회의 소수자 이야기에 늘 관심을 가져온 편이지만, 단순히 소재 때문에 이 책이 좋아진 것은 아니다. 내가 마음을 뺏긴 이유는 이 책의 저자가 인생이 매끄러운 서사로 이루어진 것이 아니라는 비밀을 알고 있기 때문이다. 나는 저자가 연구를 위해 조사 대상자의 사연을 듣던 도중, 갑자기 죽어버린 늙은 개에 오래도록 마음을 쓰는 사람이기 때문에 좋아졌다. 그러니까 서사가 중단되고 찢겨나가는 그 순간에 주목하는 사람이기 때문이다.

소설가로서 나는 언제나 서사의 매끄럽지 않은 부분, 커다란 구멍으로 남아 설명되지 않는 부분에 마음을 주는 사람이다. 소설에서도, 그리고 인생에서도 사람들의 마음을 건드리는 부분은 그런 지점들이 아닐까? 우리는 삶과 세계를 하나의 매끄럽고 완결된 서사로 재구성하려 애써 노력하지만, 사실은 끝끝내 하나가 될 수 없는 단편적인 서사들을 성글게 엮으며 살아갈 뿐이니까. 그리고 바로 거기, 언어로 설명할 수 없고 때로 아무런 의미를 찾을 수도 없는, 서사와 서사 사이의 결락 지점. 그런 지점이야말로 문학적인 것의 자리일 거라고 나는 믿고 있다.

밤이 깊어도
걸어갈 수 있다면

〃 슈크림빵
〃 캐서린 맨스필드, 『가든파티』

여행자가 등장하는 소설을 많이 쓰다 보니 내 소설을 읽은 사람들이 종종 하는 착각 중 하나는 내가 여행을 무척 좋아하는 사람일 거라고 생각하는 것이다. 그런 이유로 나에게 여행 정보 같은 것들을 물어볼 때가 잦지만 고백하건대 나는 그런 쪽으로는 그다지 도움이 안 되는 사람이다. 여행을 싫어하는 것은 아니지만 무척 게으른 편이라 호텔이나 차편을 알아보고 짐 싸는 일이 무척이나 고통스러운 데다, 무엇보다 나에게는 어딘가에 가서 뭔가를 꼭 해야겠다는 계획이나 야심이 없다. 낯선 도시에 가면 내가 즐겨하는 일이란 서울에서 그러는 것처럼 시장이나 식료품점에 가서 구경하는 것, 마음에 드는 카페에서 사람들을 바라보며 글을 쓰거나 책을 읽는 것 정도뿐이니, 나에게 대단한 여행 팁을 물어보는 사람들 앞에서 매번 말수가 적어질 수밖에 없는 것이다. 그런 나지만 성인이 되어 런던을 처음 방문했을 때는 내게도 반드시 하고 싶은 일이 있었다. 그것은 유명한 홍차 전문점에서 애프터티세트를 먹는 것. 그리고 나는 걷고 싶었다. 런던 시내를. 영국 박물관이나 빅밴, 런던 브리지 따위는 아무래도 좋았다. 그곳이 버지니아 울프나 도리스 레싱, 캐서린 맨스필드가 걸었을 거리라는 걸 떠올리면 평범한 골목마저도 특별해 보였으니까.

내가 사랑하는 이 세 명의 소설가들 중에서 상대적으로 덜 알려진 캐서린 맨스필드는 뉴질랜드 태생이지만 영국에서 주로 활동해온 작가다. D. H. 로런스와 버지니아 울프 같은 당대의 작가들에게 적지 않은 영향을 주고 근사한 작품들을 썼던 캐서린 맨스필드가 상대적으로 덜 알려진 것은, 어쩌면 그녀가 서른다섯 살이라는 젊은 나이에 폐결핵으로 일찍 세상을 떠났기 때문인지도 모르겠다. 내가 가장 좋아하는 맨스필드의 작품은 「가든파티」라는 단편이다. 「가든파티」
는 캐서린 맨스필드가 생애 마지막으로 쓴 동명의 소
설집에 실려 있다.

이 소설에 등장하는 로라와 그녀의 가족은 가든
파티 준비로 분주하다. '가든파티'라는 단어를 가만
히 발음해보면 내 머릿속에 떠오르는 것은, 수백 송이
의 장미가 만발해 있고 푸른 잔디마저 반짝이는 더없
이 완벽한 날에 정원 한가운데 차려진 티파티 테이블
이다. 하얀 테이블보가 깔리고 3층으로 이뤄진 은식
기 위에 샌드위치와 머랭 쉘 같은 것이 올라가 있는 근
사한 티 테이블. 파티를 기다리는 로라의 마음은 파티
를 위해 주문한 유명 제과점의 달콤한 슈크림빵처럼
기대로 한껏 부풀어 올랐을 것이다. 하지만 가난한 아
랫동네에 사는 짐꾼이 사고로 죽었다는 소식을 듣게
되면서 들뜬 로라의 마음에는 어둠이 드리워진다. 누
군가가 불행을 겪고 있는데 파티를 예정대로 열어서
는 안 되는 것이 아닌가 하는 생각이 로라의 마음에 싹
터버렸기 때문이다. 하지만 언니와 엄마는 그런 로라
의 생각이 어처구니없다며 비웃는다. 그리고 예정대로
열린 가든파티가 성공적으로 끝이 났을 때, 엄마는 마

음의 짐을 덜기 위해 딸에게 파티에 쓰고 남은 음식들을 남편을 잃은 "불쌍한" 여자에게 가져다주라고 말한다. 로라는 남은 음식을 가져다주는 행위가 옳지 않다고 생각하지만 엄마가 시키는 대로 음식을 갖고 가난한 동네에 조문을 간다. 그리고 그곳에서 죽은 이의 얼굴을 보게 된다.

「가든파티」는 소녀의 시선을 빌려 짧은 분량 안에 계급의식과 타인에 대한 윤리의 문제를 드러내고 있다는 점만으로도 놀라운 작품이지만, 이 소설에서 내 마음을 움켜쥔 장면은 끄트머리에 있다. 소설의 마지막 부분에서 모든 것을 초월한 듯 평화로워 보이지만 동시에 슬픔을 자아내는 망자의 얼굴을 본 로라는 울면서 집으로 돌아온다. 그리고 늦게 돌아오는 로라를 마중 나온 오빠는 걱정스러운 말투로 "그렇게 끔찍했니?" 하고 동생에게 묻는다.

"아니." 로라가 흐느꼈다. "그저 경이로웠어. 그렇지만, 오빠—" 그녀는 말을 멈추고 오빠를 쳐다봤다. "인생이란 게," 그녀는 말을 더듬었다. "인생이란 게—" 그렇지만 인생이 어떻다는 것인지 설명할 수는 없었다. 그러나 상관이 없었다. 그는 무슨 소린지 충분히 알아들었다.

"그러게 말이야, 응?" 로리가 말했다.[*]

이 대목을 읽을 때마다 나는 어떤 단어로도 포착할 수 없으나 분명 거기에 존재하는 감정에 대해서 생각하곤 한다. 때로는 우리를 압도하고, 송두리째 다른 사람으로 변모시키기까지 하는데도 타인에게는 결코 말로 설명할 수는 없는 감정에 대해서. 그런 감정은 밤의 들판에 버려진 아이처럼 인간을 서럽게 만들어버린다. 하지만 우리에게 한밤의 고요한 아름다움을 가르쳐주는 소설들이 있는 한, 우리는 밤이 아무리 깊어도 앞으로 걸어갈 수 있다.

* 『가든파티』, 235쪽.

모국어 바깥으로
떠날 때

〃 바움쿠헨
〃 다와다 요코,『여행하는 말들』

바움쿠헨은 흥미로운 케이크다. 단면에 나이테를
닮은 층을 지녀서 나무 케이크라는 뜻의 이름을 가진
바움쿠헨은 독일에서 유래했지만 일본에서 더 대중적
으로 알려진 케이크이기 때문이다. 20세기 초 독일인
부부에 의해 처음 소개되었다는 이 케이크는 이제 결
혼 답례 선물로 널리 쓰일 만큼 일본 문화에 깊이 뿌리
내렸다. 언젠가 일본에 다녀온 이로부터 사과가 통째
로 든 바움쿠헨을 선물 받은 일이 있다. 일본에는 벚꽃
바움쿠헨이나 멜론 바움쿠헨처럼 일본식으로 변형된
바움쿠헨들을 여기저기에서 판다던데. 현실이 이렇다

면 일본의 바움쿠헨은 정통 독일 케이크를 훼손한 것일까, 아니면 더 풍요롭게 만든 것일까?

이런 질문이 떠오른 것은 다와다 요코의 『여행하는 말들』을 최근에 읽었기 때문이다. 모국어인 일어와 외국어인 독어로 소설을 써온 작가의 에세이집답게 이 책에는 언어를 화두로 한 글들이 묶여 있다. 이 책의 첫 장에는 프랑스어로 소설을 쓰는 세네갈 작가들과 프랑스인 프랑스 문학 연구자에 관한 에피소드가 등장한다. 다카르에서 열린 한 심포지엄에서 세네갈 작가들을 오랫동안 아끼고 원조해왔던 이 프랑스 문학 연구자는 세네갈 작가들에게 "프랑스어를 망치지 않도록" 글을 쓸 것을 요청하며 "안 그러면 역시 저건 아프리카인이 쓰는 프랑스어라고 무시당할 뿐"이라고 조언한다.

하지만 다와다 요코는 베를린 출신의 한 젊은 연구자의 말을 빌려 "프랑스어를 어떻게 쓸지는 전적으로 세네갈 작가의 자유"이며 어떤 언어가 모국어라는 이유만으로 결정적 소유권을 가질 수 없다는 점을 지적한다. 그리고 자의든 타의든 모국어 바깥에 놓인 사람만이 쓸 수 있는 소설의 특별한 가치에 대해 이야기한다. "어떤 언어로 소설을 쓰는 것은 그 언어를 사용하는 사람들을 흉내" 내거나 그 언어의 모국어 화자들이 "아름답다고 여기는 언어의 모습을 베끼는 것이 아니"라 "그 언어에 잠재하지만 아직 누구도 보지 못한 모습을 끌어내 보이는" 행위이기 때문이다.

다와다 요코는 책의 곳곳에서 외국어로 말하고 쓰는 일에 대해 이야기하지만 그녀에게는 원어민처럼 완벽한 발음으로 유창하게 말하는 것은 중요하지 않다. 중요한 것은 낯선 언어를 배우고 외국어로 말하는 행위를 통해 스스로를 재발견하고 새로운 눈으로 세계를 바라보는 경험을 하는 일이기 때문이다. 외국어를 꽤 오랫동안 배워온 나는 이 책을 읽으며 외국어로 말하는 일이 이전까지 가지고 있던 모국어 중심의 인식 틀을 넘어설 수 있게 해준다는 작가의 말에 깊이 공감했다. 어떤 의미에서 외국어를 배우는 과정은 모국어로 지어진 집 한쪽에 바깥으로 향하는 문을 내는 작업인지도 모르겠다. 그렇게 낸 문을 열고 바깥으로 나갔을 때 우리의 눈앞에 펼쳐진 세상은 얼마나 흥미진진한 모험으로 가득할까? 이렇듯 『여행하는 말들』은

우리에게 모국어 밖에서만 누릴 수 있는 눈부신 자유
와 기쁨의 비밀에 대해 알려주는 책이다.

삶이 불가해한 것인 한,
소설 쓰기란

〃 티라미수
〃 제임스 설터, 『소설을 쓰고 싶다면』

　　12월은 소설가를 꿈꾸는 이들에게는 특별한 기간
이다. 습작해온 원고들을 신춘문예에 응모하기 위해
정성껏 손질해 마무리해야 하는 시기이기 때문이다.
나 역시 2010년 12월에는 소설을 투고한 뒤 결과를
기다리고 있었다. 소설을 출력해 몇 번이나 오탈자를
확인한 후 등기로 보내고 나서 당선 소식을 듣기까지
그 열흘 남짓했던 날들 동안 모르는 번호로 전화가 걸
려 오면 얼마나 떨렸던가. 까맣게 잊고 지냈던 이즈음
의 풍경을 다시 떠올리게 된 것은 요 며칠 신춘문예를
준비하는 습작생들을 만날 일이 많았던 탓이다. 해마

다 신춘문예에 소설을 투고하며 지쳐가고 있다는 이들과 이야기를 나눈 후 집으로 돌아오는 길엔 유난히 마음이 무거웠다. 좋은 소설이 무엇인지, 어떻게 하면 좋은 소설을 쓸 수 있는지 물어보는 이들에게 내가 해줄 수 있는 말은 나 역시도 그 답을 찾는 과정 중에 있다는 것뿐이었으니까. 소설을 잘 쓰고 싶지만 의욕만큼 나아지지 않는 것 같아 답답하다는 사람들에게 아무런 도움을 주지 못해 미안한 마음을 안고 어둑어둑해진 비탈을 걸어 오르는데 한 권의 책이 떠올랐다. 제임스 설터의『소설을 쓰고 싶다면』이라는 얇은 책이 바로 그것이다.

　'작가들의 작가'라는 별칭을 지닌 제임스 설터는 대중적으로는 많이 알려지지 않았지만 군더더기 없이 완벽한 문장을 쓰는 스타일리스트, 단편소설의 정수를 보여주는 소설가로 많은 작가들의 사랑을 받아왔다. 케이크에 비유하자면 설터의 소설들은 내겐 예술품처럼 완벽한 형태를 지닌 티라미수다. 잔재주를 부리지 않고 오직 정확히 계량된 최상급의 마스카포네 치즈와 품질 좋은 카카오, 커피만으로 맛을 완성한 티라미수. 달콤함 끝에 카카오의 쌉쌀함과 커피의 진한 향을 남기는 티라미수처럼, 인생의 본질을 언제나 직시하게 만드는 설터의 소설들은 매혹적인 이야기 끝에 일상 이면의 아릿한 슬픔과 후회, 화려한 순간이 지나고 난 이후의 황량한 풍경을 긴 여운처럼 남긴다. 제임스 설터가 말년에 대학에서 한 강연과 인터뷰를 묶었다는 『소설을 쓰고 싶다면』이 출간되었다는 소식을 듣자마자 읽고 싶었던 이유는, 우리가 쉽게 표현할 수 없는 감정들을 어떤 작가보다 더 정확한 언어로 그려내온 설터의 소설 쓰기 비법이 궁금했기 때문이다.

당연하게도 이 책에는 누구나 설터처럼 훌륭한 소설을 쓸 수 있게 해주는 마법의 매뉴얼 같은 것은 없다. 그것은 설터에게 소설이 상상력의 산물만이 아니라 본질적으로 삶에서 비롯한 글이기 때문이다. 삶이 명료하게 설명할 수 없는 진실들로 이루어진 것임을 기억한다면, 『소설을 쓰고 싶다면』에서 작가 스스로 고백하듯이 설터 같은 대가에게도 자신의 글에 확신이 없던 시절이 있는 것은 당연한 일인지도 모르겠다. 삶이 불가해한 것인 한 소설 쓰기 작업 역시 언제나 어려울 수밖에 없을 테니까. 하지만 그럼에도 불구하고 소설을 쓰고 싶다면 삶을 집요하게 관찰하라고 설터는 조언한다.

온 마음을 다해 쓴 소설을 투고하고 거절당하기를 수십 번씩 하는 사람의 마음을 나는 감히 상상조차 할 수 없다. 아무리 강철 심장을 가진 사람이라도, 반복되는 거절 앞에서는 도리 없이 작고 초라해지니까. 그렇지만 그럼에도 불구하고 계속 쓰고 싶다면, 소설을 쓰고 싶은 열망이 부드럽지만 단단한 돌멩이처럼 가슴속에 박혀 움직이지 않는다면, 우리가 할 일은 좋은 소설을 쓸 수 있을까 하는 두려움을 견디며 관찰한 것들을 묵묵히 계속 써나가는 것뿐일 테다. "나는 내가 쓴 글에 실망할 게 틀림없다는 생각을 담담히 받아들"이면서.

소설을 쓰고 싶은 마음을 품은 이상 우리는, 모든 것을 소멸시키는 시간에 맞설 수 있는 방법은 단지 기록하는 일뿐이라는 설터의 말을 이미 진실이라 믿고 있는 사람들일 테니까.

소설 쓰는
마음 2

당신이 만일 나에게 무언가를 부탁하거나, 사과를 해야 하는 상황이라면 가급적 오전 시간대는 피하는 것이 좋겠다. 깨자마자의 나는 포악하고 사나운 한 마리의 짐승이니까. 오전의 내가 유달리 예민한 이유는 오랫동안 앓아온 불면증 탓에 새벽에야 가까스로 잠에 들고, 그마저도 얕은 잠을 자다가 수없이 깨는 일을 반복하기 때문이다. 혼자 살기 시작하면서 좋은 점 중 하나는 오전 시간을 누구의 방해도 받지 않고 마음대로 쓸 수 있다는 것이다. 반드시 외출해야 하는 일정이 없는 날이면 나는 늦게까지 뒹굴대다가 일어나, 그 누구에게도 방해받지 않고, 그 누구와도 말을 섞을 필요가 없이, 내가 원하는 타이밍에 아침 겸 점심을 차려 먹을 수 있다. 식사를 마치고도 잠이 깨지 않고 몸과 머리가 무거우면 창문을 모두 열어놓고 청소를 한다. 청소를 마치면 샤워를 하고, 옷을 갈아입은 뒤, 출근하듯이 카페로 향한다. 카페에 가지 않는 날엔 작업을 시작하기 전에 반드시 그날의 기분과 분위기에 알맞은 차를 끓이고 티푸드나 초콜릿을 준비한다. 오늘의 티푸드는 마들렌. 얼마 전 동네 서점에서 있었던 낭독회에 찾아온 J가 선물로 주고 간 마들렌이다. 건강상의 이유로 자신은 먹지도 못하는 마들렌을 나를 위해 사가지고 찾아와준 J는 몇 해 전 내 수업을 들었던 학생이고, 소설가를 꿈꾸는 습작생이다. J가 준 마들렌을 하나 꺼내 들면서, 나는 소설에 대한 열망으로 가득했던 습작기를 떠올렸다. 불안하지만 순수한 기쁨으로 눈부시던 날들.

그러니까
선한 사람 당신은
하얀 사각 종이를
사랑해서

앉아 있는 것이다
쓰려는 사람처럼*

작업 전, 차를 우리는 시간은 나에겐 기도의 시간
이다. 그저 하얀 사각 종이를 사랑했던, 쓰고자 하는
마음만으로 황홀했던 청순한 마음을 다시금 불러오는
시간. 그러므로 나는 오늘도 어김없이 소설을 쓰기 전
에 책상을 치우고, 차를 우리고, 마들렌과 어울리는 아
름다운 접시를 골라 책상 위에 올려둔다. 기도하는 마
음으로.

나의 말이 타인을 함부로 왜곡하거나 재단하지 않
기를.

내가 타인의 삶에 대해 말하는 무시무시함에 압도
되지 않기를.

나의 글에 아름다움이 깃들기를.

나의 글이 조금 더 가볍고 자유로워지기를.

그리하여 내가 마침내 나의 좁은 세계를 벗어나서
당신에게 가닿을 수 있기를.

* 유희경, 「선한 사람 당신」 부분, 《현대문학》 2020년 5월호, 212쪽.

온기가 남은
오븐 곁에 둘러앉아

나의
개

책상 맡에 앉아 한참 동안 소설을 쓰다 고개를 돌려보면 어김없이 나의 오랜 친구가 러그 위에서 몸을 동그랗게 웅크린 채 코를 골며 잠들어 있다. 내가 책을 보거나 노트북으로 무언가를 쓰고 있을 때면 그 앞을 가리고 앉거나 놀아달라고 보채기 일쑤였던 나의 강아지는 이제 세월과 함께, 내가 작업하는 시간을 존중해줄 만큼 현명해졌다. 나의 강아지가 지혜로워진 것은 기쁜 일이지만, 이따금씩 작업하는 도중 코 고는 소리가 들리지 않으면 불안해질 때도 있다. 그럴 때면 나는 하던 일을 멈추고 나의 강아지 곁으로 다가가 작고

새하얀 몸이 부풀어 올랐다 가라앉는지를 확인해보곤
한다.

나의 호빵,
치아바타,
슈톨렌
개는 어째서 이토록 슬픈 행복을 주는 동물인 걸까.

나는 언젠가 우리에게도 작별을 해야만 하는 날이
올 거라는 걸 안다. 우리에겐 함께할 계절이 함께해온
계절보다 틀림없이 더 적을 것이다. 하지만, 아직은.
나는 내 무릎 위로 올라오는 나의 강아지의 부드러운
등을 쓰다듬을 때마다 그 아래 있을, 여전히 경탄과 호
기심으로 팔딱거리는 따뜻한 심장을 상상하면서 기도
한다. 앞으로도 오랫동안 나의 곁에 그대로 머물러달
라고. 그러면 나의 새하얗고 상냥한 빵은 알았다는 듯,
내 품 안으로 조금 더 파고든다.

가족,
가깝고도 먼

〃 사과머핀
〃 줌파 라히리, 『그저 좋은 사람』

냉장고의 과일 칸을 가득 채우고 있는 사과들 중에 두 알을 골라 물로 깨끗이 씻고 껍질을 벗겨낸다. 사과를 잘게 썬 뒤 설탕과 레몬즙을 넣어 조릴 예정이다. 잘 조려진 사과 조각들이 한 김 식으면 만들어둔 반죽에 잘 섞고 머핀 틀에 부어야지. 그리고 충분히 달궈진 오븐에 틀을 밀어 넣은 다음 반죽이 부풀어 오르기를 기다릴 것이다. 달콤한 향기가 부엌을 가득 채우기 시작하면 사과머핀과 함께 먹을 뜨거운 커피도 한 잔 내리리라.

모처럼 냉장고에 사과가 가득한 이유는 얼마 전 본가에 다녀왔기 때문이다. 본가에는 1년 내내 사과가 떨어지는 법이 없다. 본가의 냉장고에 언제나 사과가 존재하는 이유는 아버지 때문이다. 아버지는 사과를 정말 유난할 정도로 사랑하시는데, 아버지의 사과 사랑은 아버지가 지닌 성실함을 잘 보여주는 증거다. 매사에 쉽게 싫증내고 게으름을 피우는 나와 달리, 아버지는 무엇이든 시작하면 중간에 그만두는 법이 별로 없고, 정해진 일들을 매일같이 규칙적으로 하는 습관이 몸에 밴 분이다. 매일 사과 한 알을 먹으면 의사가 망한다는 이야기를 어디선가 아버지가 들으신 것이 언제였는지는 잘 모르겠다. 하지만 아버지는 내 기억의 시작점에서부터 지금까지 단 하루도 빠짐없이 아침에 사과 한 알을 드시고 하루를 시작하셨는데, 그 때문이겠지만 나와 여동생에게 사과란 지긋지긋한 과일이 되어버렸다. 언제나 손만 뻗으면 닿는 가까운 곳에 있어 특별하지도, 간절하지도 않은 과일. 가장 가까이 있지만 또 그래서 멀어지게 되는 가족처럼 말이다.

가족이란 대체 뭘까? 잘 아는 것 같지만 사실은 영영 이해할 수 없고, 서로를 가장 견딜 수 없게 만들면서도 동시에 가장 친밀한 공동체인 가족. 가족이 무엇인지에 대해 내가 어렴풋이나마 알게 된 것은 줌파 라히리의 소설들 덕분이다. 그중에서도 하나를 꼽자면 그녀의 두 번째 소설집인 『그저 좋은 사람』 덕분이라고 할 수 있다. 줌파 라히리의 소설들은 대부분 그녀처럼 미국으로 이민 온 인도인의 삶을 다룬다. 『그저 좋은 사람』에 실린 소설 속 주인공들도 모두 인도계 미국인이다. 그리고 이 인물들은 종종 가족들 간의 문제를 안고 있다. 표제작인 「그저 좋은 사람」의 주인공 수드하는 동생에 대해 잘 알고 있고 그에게 일어나는 문제들을 해결해줄 수 있을 거라고 믿지만, 사실은 동생이 어째서 알코올중독자가 되어버렸는지조차 알지 못한다. 소설집 맨 앞에 실린 「길들지 않은 땅」의 주인공인 루마는 어머니가 죽은 이후 홀로 남은 아버지가 자신과 같이 살기를 원할 거라고 생각하지만, 결국 아버지는 새로운 사랑과 삶을 꿈꾸고 있었음을 발견하게 된다.

줌파 라히리 소설의 경우 주인공들이 모두 이민자이기 때문에 1세대와 2세대 간의 갈등이 더욱 두드러지긴 하지만, 그들이 겪는 문제들은 사실 모든 가족이 겪는 일과 다르지 않다. 그래서 인물들이 느끼는 고독에 공감하며 소설을 읽어나가다 보면 우리가 겪는 일상 속의 비극들이란 가장 가까워 보이는 관계 속에서조차 존재하는 사람과 사람 사이의 몰이해 때문이라는 사실을 새삼 깨닫게 된다. 결국 가족이란 이 같은 진실을 가장 적나라하게 보여주는 인간관계의 축소판인지도 모르겠다. 하지만 소설 속의 인물들이 상처를 주고받고 후회를 거듭하는데도 책을 덮고 나면 마음이 마냥 어둡지만은 않다. 그것은 가족이기 때문에 무조건 이해하고 있고, 이해할 수 있다는 환상에서 벗어날 때 비로소 사랑에 한 걸음 더 다가갈 수 있음을, 주인공들의 실패를 통해서 배울 수 있기 때문일지도 모르겠다.

'나',
그 알 수 없음에 대해서

〃 침니 케이크
〃 아고타 크리스토프, 『존재의 세 가지 거짓말』

얼마 전 길을 걷다가 꽈배기처럼 보이는 빵의 모형이 간판에 달려 있는 가게를 우연히 발견했다. 호기심을 이기지 못하고 가게 안으로 들어가보니 그곳은 침니 케이크라고 불리는 동유럽의 빵을 파는 가게였다. 태어나서 처음 보는 굴뚝 모양의 빵을 하나 사서 집으로 돌아온 후 인터넷으로 침니 케이크에 대해 검색해보았다. 이스트 반죽을 기둥에 돌돌 말아 구운 후 설탕이나 계피 등의 토핑을 뿌려 먹는다는 침니 케이크는 헝가리에서 즐겨 먹는 빵이라고 한다. 헝가리의 어느 가게 안, 거대한 꼬치에 끼워진 채 숯불 위에서 구워지는 케이크 사진들. 한국에서 파는 침니 케이크는 헝가리에서 파는 진짜 침니 케이크와 얼마나 같고 또 다를까?

바다를 건너고 국경을 넘으면 어떤 음식의 조리법과 재료가 달라지는 것은 아주 흔한 일이다. 어떤 재료가 빠지고 조리 환경이 달라지더라도, 침니 케이크를 헝가리의 빵이라고 말할 수 있게 하는 것은 무엇일까 문득 궁금해진다. 그것은 헝가리인을 헝가리인이라고 말하고, 나를 나라고 말할 수 있게 하는 그 무엇과 관련이 있을까, 없을까?

그런 생각을 하다 보니 자연스럽게 아고타 크리스토프가 떠올랐다. 단지 그녀가 헝가리 출신의 작가이기 때문만은 아니다. 그녀가 떠오른 것은 바로 루카스Lucas와 클라우스Claus 때문이다. 루카스와 클라우스는 아고타 크리스토프의 『존재의 세 가지 거짓말』에 등장하는 주인공들의 이름이다. 세 편의 연작소설을 한데 묶은 이 책에는 알파벳의 순서만 바꾼 이름을 지닌 쌍둥이 형제가 등장한다.

분명히 명시되어 있지는 않지만 소설의 배경은 나

치군과 소비에트군이 차례로 점령하고, 사회주의 붕괴 이후 자본주의가 밀려들어 오기까지 하는 헝가리의 국경 마을이다. 전쟁을 겪으며 이 외딴 마을에서 살게 된 쌍둥이의 삶에 대해서 한두 마디로 요약하는 것은 불가능한 일이다. 이 책이 놀라운 것은 세 편의 연작소설들을 다 읽고 나면 이들이 누구인지 도무지 알 수 없게 된다는 사실이다. 다 읽고 나면 주인공이 누구인지 도무지 알 수 없게 된다니. 이 말은 얼마나 이상한지. 일반적인 경우, 독자들은 소설을 한 권 다 읽고 나면 주인공에 대해서 무언가를 알게 되기 마련이니까. 그 인물의 과거사, 성격, 그러니까 인물의 정체를 말이다. 하지만 이 책은 반대다. 여느 소설과 마찬가지로 1부를 읽으며 독자는 주인공인 쌍둥이의 존재에 대해 알아가지만, 2부를 읽고 나면 클라우스에게 실제로 쌍둥이 형제가 있긴 했는지 의문을 갖게 되고, 3부에 이르면 2부에서 파악한 진실마저 다시 믿을 수 없게 된다. 그런 일이 벌어지는 까닭은 우리가 무엇인가를 알았다고 생각하는 순간 작가가 모든 정보를 뒤집어 확실하다고 믿었던 것들조차 다시 의심하도록 만들기 때문이다.

루카스와 클라우스가 겪게 되는 일들은 어디까지가 진실이고, 어디서부터 거짓일까? 우리가 존재한다는 사실은 어떻게 증명될 수 있는 걸까? 나를 나이게끔 만들어주는 것은 대체 무엇일까? '나'를 어떻게 정의할 수 있는가는 물론 특별히 새로운 주제는 아니다. 정체성의 문제는 많은 작가들이 오랫동안 천착해온 주제이기 때문이다. 하지만 그 많은 작품들 중에서 『존재의 세 가지 거짓말』만큼 이토록 기이하고 고통스럽지만 동시에 매혹적인 방식으로 정체성에 문제를 제기하는 소설을 나는 아직까지 본 적이 없다.

서툴러 경이로운
당신

〃 호빵
〃 엘리자베스 스트라우트,
  『내 이름은 루시 바턴』

　　겨울은 아무래도 호빵의 계절이다. 김이 모락모락 피어오르고, 흰 덩이를 반으로 가르면 그 안에 달콤한 팥앙금이 가득 들어 있는 호빵. 나는 호빵을 좋아하지만 그것은 오랫동안 내게 겨울의 한복판으로 성큼 들어섰음을 실감하게 해주는 빵일 뿐이었다. 그런 호빵이 조금 더 특별해진 것은 몇 년 전의 기억 때문이다. 그 무렵 노인병원에 입원해 계시던 할머니는 병세가 심해지면서 입맛을 잃으셨다. 평소 호빵을 좋아하시던 것을 알았기 때문에 호빵을 구하기 위해 나는 슈퍼 이곳저곳을 돌아다녔다. 하지만 그때는 봄이었고,

호빵은 끝내 찾을 수가 없었다. 할머니가 돌아가신 이후, 호빵을 보면 나는 그 봄이 생각난다. 할머니의 침대 맡에 앉아 나누던 이야기들과 점점 야위어가던 할머니의 손, 집으로 돌아가려고 자리에서 일어서는 내게 할머니가 쥐어주시던 두유나 쌀강정 같은 것들도. 병원이라는 곳은 참 이상한 장소다. 나를, 그리고 상대를 좀 더 밀도 있게 바라보게 하니까. 그런 일이 가능한 이유는 어쩌면 병원이 연약한 마음으로 서로를 바라보게 하는 장소이기 때문인 것도 같다.

2013년 봄의 노인병원이 할머니와 내가 마주볼 수 있던 장소였다면, 『내 이름은 루시 바턴』 속 뉴욕의 병원은 오랜 기간 연락을 끊고 지내던 모녀가 서로를 마주보는 장소다. 이 소설은 화자인 루시가 갑작스레 병원에 입원하게 된 1980년대 어느 시기를 회상하는 것에서부터 시작한다. 그리고 루시는 간병을 위해 찾아온 어머니와 닷새간의 시간을 보낸다. 하지만 이 소설이 관계를 회복해나가는 어머니와 딸의 이야기는 아니다. 『내 이름은 루시 바턴』은 제목이 암시하고 있듯이 주인공의 인생 이야기이기 때문이다. 일리노이주 앰개시라는 작을 마을에서 가난한 유년 시절을 보냈던 루시는 고향에 남은 부모님이나 오빠, 언니와 달리 대학에 진학하고, 결혼을 한 후에는 뉴욕에 정착한다. 그리고 그녀는 마침내 소설가가 된다.

자신의 욕망에 귀를 기울인 채 묵묵히 걸어가 자신이 원하는 삶을 완성해나가는 루시는, 사랑하던 사람과도 결혼하지 못했고 학교조차 다녀보지 못한, 나의 할머니와는 그다지 닮은 점이 없다. 그런데도 어째서 나는 루시의 기억 조각들을 읽으며 할머니를 떠올린 걸까? 그것은 『내 이름은 루시 바턴』이 누군가에게 받은 상처 때문에 아파하면서도 또 누군가에게 상처를 줄 수밖에 없는, 그런 평범한 인간의 이야기이기 때문은 아닐까?

루시의 어린 딸이 엄마에게 말한 것처럼 삶은 소설과 달리 다시 쓸 수 없고, 그래서 우리는 돌이킬 수 없는 상처를 주거나 받기도 한다. 하지만 『내 이름은 루시 바턴』은 그럼에도 "눈먼 박쥐처럼 그렇게 계속 나아"가야 하는 것이 삶이라고, 다양한 색으로 물드는 해 질 녘의 하늘처럼 불완전하지만 "아름다운 변신을" 거듭하는 것이 삶이라고 알려준다. 모든 생이 감동을 준다는 루시 바턴의 말이 사실이라면, 그것은 인간이 끝끝내 그토록 서툰 존재이기 때문일지도 모르겠다. 서툴고 서툴렀던 당신들. 경이로운 생生의 주인인 당신들의 이름을 나는 오늘 나직이 불러본다.

상처를 응시하는
섬세한 눈길

〃 바나나 케이크
〃 윌리엄 트레버, 『비 온 뒤』

　폭우가 내리는 아침, 빗소리를 들으며 부엌을 둘러보니 변색된 바나나가 눈에 띄었다. 이번주 내내 점심 식사를 할 시간이 마땅치 않아 식사 대용으로 사두었지만, 한 주의 끄트머리에 이르니 미처 다 먹지 못한 바나나가 물러버린 것이다. 결국 나는 그냥 먹는 것이 불가능해진 바나나의 껍질을 벗겨 물컹해진 살을 포크로 으깬 후, 밀가루를 섞어 바나나 케이크 반죽을 만들기로 한다. 케이크를 구울 때 내가 좋아하는 것은 오븐 안의 반죽이 익기를 기다리며 책을 읽는 시간이다. 퍼붓던 비가 조금씩 잦아들고, 나는 윌리엄 트레버의

『비 온 뒤』를 들고 식탁 맡에 앉는다.

아일랜드 출신의 영국 작가인 윌리엄 트레버는 많은 영미권 작가들에게 영향을 준 작가로 알려져 있다. 그가 67세에 펴낸 소설집인 『비 온 뒤』에는 총 열두 편의 이야기가 실려 있는데 언뜻 보면 이 소설들은 서로 아무 상관 없는 것 같기도 하다. 하지만 이들은 뜻하지 않은 이유로 타인 혹은 자신의 일부가 조금씩 무너지는 것을 견뎌나가는, 평범한 사람들의 이야기라는 공통점을 지니고 있다.

예를 들어, 「우정」에는 두 명의 여자 친구들이 등장한다. 두 살 때 정원에서 만난 이후 평생 단짝으로 지내며 우정을 쌓아온 마지와 프란체스카가 바로 그들이다. 마지는 프란체스카가 아버지를 잃었을 때 그녀를 위해 테니슨의 시를 읽어주기도 하고, 세월이 흘러 마지가 임신중절을 했을 때에는 프란체스카가 수술이 끝나기를 기다려주기도 했지만, 그녀들이 쌓아온 관계는 뜻하지 않은 일을 계기로 허물어진다. 오랫동안 이어진 우정이 어느 날 갑자기 끝난다면 그것은 누구의 잘못일까? 트레버의 글쓰기가 지닌 특징은 어떤 일이 벌어졌을 때 그것이 누구의 탓인지를 판단하기보다는 상황들을 그저 담담히 보여준다는 것이다. 트레버 소설의 울림은 바로 그 점에서 기인한다. 부모들의 재혼으로 남매가 되어버린 리베카와 제라드(「아이의 놀이」)나 생일에도 자신들을 보러 오지 않는 동성애자 아들의 생일상을 차리는 부부(「티머시의 생일」)의 이야기에서도 마찬가지다. 트레버는 판단을 유보한 채 한 발자국 뒤에서, 인간들이 서로 상처를 주고받는 과정을 단순한 문장들로, 하지만 세밀하게 그려 보일 뿐이다.

트레버의 소설을 읽다 보면, 마치 시간이 흐르면 상해버리는 바나나처럼, 누구의 탓이 아니더라도 필연적으로 망가지고 상처가 날 수밖에 없는 것이 인생일지도 모른다는 생각이 들기도 한다. 하지만 그렇다고 해서 트레버가 그리는 세계가 허무와 낙담으로 가득한 것은 결코 아니다. 트레버가 연민 어린 시선으로 응시하는 인물들은, 물러버린 바나나를 가지고 케이크를 구워내듯이 각자의 상처를 저마다의 방식으로 받아들이고 묵묵히 그들의 인생을 만들어나가기 때문이다. 거센 비가 퍼부으면 연약한 표면에는 상처가 파이고 때로 그것은 곪기도 한다. 하지만 그럼에도 불구하고 사람들은 비 온 뒤를 상상하며 그런 시간을 살아낸다. 지금은 폭우 속에 있지만 비는 반드시 멈출 것이고, 삶은 또 그렇게 이어질 것을 알고 있기에.

이해와 노력으로
자라는 마음

〃 도넛
〃 도리스 레싱,『런던 스케치』

어느덧 5월이다. 올 5월이 유난히 기다려지지 않았던 것은 중순까지 넘기기로 출판사 측과 약속한 소설을 완성하지 못해 애를 먹고 있기 때문이다. 소설가가 되어 좋은 점이 더 많지만 안 좋은 점 하나를 굳이 꼽자면 마감에 쫓길 때 주변을 돌아볼 여유를 전혀 갖지 못한다는 것이다. 이번에도 마찬가지였다. 신경이 온통 소설에 가 있던 터라, 어버이날이 코앞이라는 사실을 나는 까맣게 잊고 있었다.

어버이날에 가벼운 마음으로 부모님을 뵈러 가

고픈 마음에 집을 나서 근처의 공원으로 향했다. 소설이 막힐 때마다 걷는 것은 도움이 되곤 했으니까. 소설을 쓴다고 집에서 두문불출하는 사이 공원은 또 얼마나 더 환해졌는지. 흐드러지게 피었던 벚꽃 대신 어느새 철쭉이 만발했고, 장미꽃도 가지마다 봉오리를 매달고 있었다. 머지않아 공원엔 장미가 만개하리라. 도리스 레싱의 소설집 『런던 스케치』에 실린 「장미밭에서」에서처럼 말이다.

이 짧은 소설에는 장미로 가득한 공원을 거니는 모녀가 등장한다. 하지만 나란히 걷는 것은 아니다. 여리모로 딸을 못마땅하게 생각해온 마이리는 딸의 뒷모습을 우연히 발견하지만 부르지 않는다. 엄마와 딸은 서로를 이해하지 못하고, 어느 순간 멀어져 몇 년 동안 연락을 하지 않고 지내는 사이가 되어버렸기 때문이다. 딸의 뒤를 밟기만 하던 마이러는 딸이 공원의 장미를 훔치는 걸 보게 된다. 매사 인내하며 올곧게 살아가는 마이러는 딸의 행동을 도무지 이해할 수 없고, 그녀 몰래 공원을 빠져나가기로 마음을 먹는다. 엄마를 딸이 발견하고 불러 세워, 둘은 결국 대화를 나누게 되지만.

예전에 이 소설을 읽었을 때는 이런 대목이 내 눈길을 끌었을 것 같다. 엄마가 또 다른 딸인 린다를 더 편애하며 진정한 딸로 여기고 셜리를 골칫덩어리로만 생각하는 걸 엿볼 수 있는 대목들. 하지만 이제 내 마음을 움직이는 것은 이런 대목들이다. 어쩌면 셜리가 우연히라도 만날 수 있을 거라는 희망을 품고 자신이 자주 찾는 공원에 왔을지도 모른다며 엄마가 조심스럽게 추측하는 대목 같은 것 말이다. 그러니까, 엄마와 딸이 주저하면서도 서로 이해하려고 애쓰는 마음을 보여주는 문장들.

어렸을 때는 부모가 자식을 사랑하는 것이 당연한 일이라 생각한 적도 있다. 하지만 이제는 세상에 당연한 것은 없다는 걸 안다. 어떤 관계가 잘 유지된다면 그것은 각자의 노력이 있었기 때문이라는 것을.

어느 주말, 직장에 다니느라 피곤했을 엄마가 믹스를 사다가 만들어주던 도넛처럼 달콤하고 아련한 기억들이 떠올랐다. 어떤 기억들은 겨우내 잠들었다 계절이 돌아오면 움트는 장미 꽃봉오리를 닮아서, 영원히 사라지지 않고 피었다 지기를 되풀이한다. 그때로부터 나는 얼마나 멀리 와 있는 걸까? 산책을 마치고 돌아오는 길, 청신한 바람을 타고 자꾸만 날아오는 꽃향기 속을 걸으며 아득한 거리를 가늠했다.

여전히 철이 없지만 5월은 푸르고, 아이는 거울 속에서 흰머리를 발견할 때보다 부모님이 편찮으실 때 스스로 나이 들었음을 더 실감하는 어른이 눈 깜짝할 새 되고 만다.

정직하고
순수한 기쁨

〃 오페라
〃 프랑수아 누델만,『건반 위의 철학자』

오페라는 커피에 적신 비스킷과 가나슈를 층층이 쌓은 후 초콜릿으로 코팅한 케이크다. 이것의 이름이 '오페라'가 된 이유는 확실치 않은데, 케이크를 개발한 제과점에 자주 들렀던 오페라의 무용수들에게 헌정하기 위해서거나 그 모양이 오페라하우스의 무대를 닮았기 때문이 아니었을까 추정될 뿐이라고 한다. 하지만 케이크를 처음 봤을 때, 내 머릿속에 떠오른 것은 오페라하우스의 무대라기보다는 피아노였다. 매끈하고 우아한 자태를 뽐내는 갈색의 피아노. 곁에선 그저 커다란 직사각형처럼 보이지만 뚜껑을 열면 하얀 건

반과 검은 건반이 줄지어 층을 이루며 반짝이는 그런 피아노 말이다.

어린 시절, 내게도 그런 피아노가 있었다. 나는 피아노를 무척 좋아했다. 동네의 피아노 학원에서 선생님이 깎아주던 연필로 정해진 횟수만큼 연습을 마칠 때마다 사과 그림에 색칠하던 기억이나, 거실에 놓여 있던 피아노 의자 안에 악보와 책, 과자 같은 것들을 숨겨놓고는 비밀 창고라고 여겼던 기억들. 음악에 남다른 재능이 있는 아이는 아니었고, 그 반대에 가까웠는데 피아노를 왜 그렇게 좋아했는지는 모르겠다. 피아노가 내 인생에서 사라진 것은 열네 살 때의 일이다. 어느 날, 집으로 돌아와보니 피아노가 사라져 있었다. 평수가 절반이나 줄어든 집으로 이사를 가야 하는 상황에서 피아노가 처치 곤란해졌기 때문에 팔아버렸다는 설명을 추후에 들었으나, 예고나 조짐도 없이 맞닥뜨리게 된 이별 앞에서 오랜 친구를 잃은 듯한 상실감을 느꼈던 기억은 쉽게 지워지지 않았다.

대학생이 된 이후, 음대생을 만나 피아노를 잠깐 다시 배운 적이 있다. 음대 연습실에 몰래 숨어서 피아노를 배웠다. 오랜만에 피아노 건반을 눌렀을 때의 기쁨이란. 하지만 나는 어느새 양손으로 피아노 치는 법을 잊은 사람이 되어 있었다. 열심히 연습하면 기억이 되살아날 수도 있었겠지만, 나는 금세 포기를 하고 말았다. 전공생들이 만들어내는 화려한 음색 앞에서, 나의 더듬거림이 부끄러웠기 때문일 것이다.

피아노에 대한 추억을 불러낸 것은 최근 읽고 있는 『건반 위의 철학자』라는 책 때문이다. 철학 교수이자 아마추어 피아니스트인 저자는 한 시대를 대변하는 철학자들이며 글을 통해서는 전위적인 예술에 관한 관심을 드러내왔던 사르트르, 니체, 바르트가 일상속에서는 낭만주의 음악을 즐겼다는 아이러니에 주목한다. 저마다의 방식으로 피아노를 아꼈고, 피아노를 통해 사유했던 철학자들.

그들이 사랑했다는 슈만과 쇼팽의 피아노 곡을 번갈아 들으며 책장을 넘긴다. 집 안엔 피아노 소리만 가득하고, 책을 읽다가 고개를 들고 옆을 바라보면 현관 위에 난 창으로 하늘이 보인다. 노을이 지고 있는지 하늘은 고개를 들 때마다 점점 더 분홍색으로 물들고 있다. 해 질 녘은 참으로 이상한 시간이라 매번 나를 꼼짝없이 그리움 앞에 붙잡아두지만, 피아노 선율마저

더해지면 나는 속수무책이 된다.

> 피아노 소리는 한동안 잊고 살았던 과거의 추억
> 을 재개시키며, 소리의 기억은 과거로서의 현
> 재, 영원히 잊혀질 과거가 되기 전에 추억으로
> 채색된 현재를 만들어낸다. 바르트에 따르면 시
> 간을 구성하는 매 순간은 '다가올 과거un passé
> à venir'이기 때문이다. 한마디로 바르트에게
> 피아노는 노스탤지어 공장 같은 것이었다.*

그리고 오늘 해 질 녘의 피아노는 어느새 잊고 살
았넌 한 어린아이를 시간을 거슬러 내 눈앞에 데려다
놓는다. 누르기만 하면 소리가 난다는 정직함에 매료
되어 양손을 계란 쥔 모양으로 하고 피아노 앞에 앉아
있던 어린아이. 남들이 경탄할 만한 연주를 해야 한다
거나, 대단한 예술을 해야 한다는 강박 없이, 그저 음
악이 가져다주는 순수한 기쁨에 매혹되어 건반을 누
르고 또 누르던 그 아이를.

* 『건반 위의 철학자』, 166쪽.

언제고 다시
이 순간으로

〃 델리만쥬
〃 파트릭 모디아노,『어두운 상점들의 거리』

　나는 한국의 여름보다는 겨울을 더 사랑한다. 기온이 낮아도 햇빛이 쨍한 그런 날에는 뺨 위에 닿는 공기가 기분 좋게 차갑고 정신이 맑아진다. 겨울은 오감 중에서 후각이 더없이 예민해지는 계절이기도 하다. 목도리로 턱밑까지 감싸고 어깨를 웅크린 채 겨울의 거리를 한참 동안 걷다가 지하철 역사 안으로 들어서는데 어묵 꼬치와 군고구마 냄새가 풍겨왔다. 얼어붙은 몸은 물론 마음까지도 데워줄 것 같은 냄새가 온기처럼 다정하게 몸을 감쌌다. 그러자 이제는 맡기 힘들어졌지만 스무 살 무렵, 아르바이트하러 가기 위해 지하철을 탈 때마다 나를 유혹하던 델리만쥬의 달달한 향과 함께 그 시절의 기억들이 일제히 떠올랐다.

지금도 그렇지만, 나는 누구고 어떤 식으로 살아가야 할지 몰라 고민하던 이십 대 초반, 내가 좋아하는 작가들은 정체성의 문제를 즐겨 다루는 소설가들이었다. 프랑스 소설가인 파트릭 모디아노도 그중 하나였다. 그의 소설들에는 잃어버린 과거와 자신의 정체성을 찾으려는 인물들이 종종 등장한다. 공쿠르상을 수상한 『어두운 상점들의 거리』에서는 기억상실증에 걸린 기 롤랑이라는 인물이 주인공이다. 기억을 잃은 후 흥신소에서 탐성 일을 하던 주인공은 한 장의 사진과 조악한 단서들을 토대로 '나는 누구인가?' 하는 질문에 대한 답을 찾아가기 시작한다. 하지만 주변인들의 진술은 모두 부정확하고, 기 롤랑이 자신의 과거를 재구성해 나가려 노력하면 할수록 그의 진짜 과거가 무엇인지는 점점 더 모호해진다.

충분히 달콤하고 부드러운 줄 모르고, 혹시 인공의 싸구려 바닐라 향을 풍기고 있는 것은 아닐까 걱정하던 스무 살. 그때는 스스로를 "한낱 환한 실루엣"에 불과하다고 여기는 기 롤랑에 매료되곤 했다. 시간이 과거를 망각의 어둠 속으로 침몰시키더라도 감각의 형태로 각인된 기억들은 살아남아, 현재의 우리가 과거와 연결되어 있는 존재임을 끊임없이 상기시킨다는 사실에 주목한 것은, 오랜 시간이 지나 이 책을 다시 읽었을 때였다. 어둠에 매혹된 사람처럼, 망각된 과거를 향해 더듬더듬 나아가는 기 롤랑이 조금씩이라도 존재로서의 두께를 얻게 된다면 그것은 빈곤한 증거들이나 불확실한 타인의 말들 때문만이 아니라, 어디선가 풍겨오는 향수 냄새나 갑자기 들려오는 음악 소리 같은 것들이 순간적으로 타올랐다 꺼져버리는 조명탄처럼 어둠 속에 파묻힌 기억들을 잠시 비추기 때문이다.

개찰구를 지나자 한 시절의 풍경을 눈앞에 잠시 펼쳐놓았던 냄새들은 다시 아득히 멀어졌다. 냄새처럼 흩어져버린 그 시절 사람들은 어디로 갔을까? 이제는 지하철역에서 보기 힘들어진 델리만쥬처럼 그 시절이 그리울 때도 있지만, 열차가 들어오면 아마도 나는 인파에 휩쓸리는 것에 지친 얼굴로 또 앞으로 나아가기만 하겠지. 어깨에 닿는 감촉이나 누군가의 냄새

같은 것이 오랜 시간을 살아남아 미래의 나를 언제고 다시 이 순간으로 불러오리라는 것은 상상도 하지 못 하는 사람처럼.

볕을 찾는 사람—겨울의 맛

〃 붕어빵
〃 델핀 드 비강, 『고마운 마음』

요즘은 발이 아파 통 걷질 못하지만 작년까지만 해도 내 일상의 가장 큰 낙은 걷는 것이었다. 볕이 좋은 날 혼자서 느릿느릿 산책 삼아 걸을 때가 많았지만 가끔은 Y와 함께 운동을 목적으로 걸을 때도 있었다. 혼자일 땐 정해놓은 대로 하는 걸 싫어하는 데다 이것저것 구경하기 좋아하는 성격답게 일정한 코스 없이 내키는 대로 걷지만, 나와 성향이 완전히 다른 Y와 운동을 하기 위해 나설 때면 늘 똑같은 코스를 경보로 걸어야 했다. 지하철 두 정거장 거리를 걸어 다리까지 갔다가 되돌아오는 것이 우리의 코스였다. 혼자 산책할 때와 달리 빠르게 걷다 보면 숨이 차고 몸이 뜨거워졌는데, 선선한 바람이 부는 날은 그것도 좋았지만, 무더운 여름 저녁이나 찬 바람이 부는 겨울 저녁엔 내가 왜 이 고생을 하나 싶기도 했다. 그날도 그런 겨울날 중 하나였다. 회차 지점인 다리 밑이 가까워질수록 어디선가 달콤한 냄새가 짙게 풍겨 오기 시작했다. 그 진원지는 붕어빵을 파는 노점이었다. 다들 나처럼 다디단 향에 이끌린 것인지, 노점 앞에는 줄이 길게 늘어서 있었다.

그날 이후, 저녁 식사를 마치고 나면 운동을 핑계로 노점까지 걸어가서 붕어빵을 디저트 삼아 사 먹는 것이 겨울의 낙이 되었다. 한 봉지 산 날에는 칼바람 속에 서서 따뜻한 붕어빵을 Y와 하나씩 나눠 먹었다. 붕어빵은 모름지기 식기 전에 먹어야 제일 맛있으니까. 장갑을 벗으면 손끝이 떨어져 나갈 듯 시리고 머리카락은 제멋대로 바람에 날렸다. 하지만 갓 구운 붕어빵을 하나씩 먹은 후 봉지를 코트 안에 품고 집으로 돌아오는 길은 얼마나 행복하던지.

붕어빵을 파는 이들이 노부부인지, 남매인지, 친구 사이인지는 알 수 없었다. 하지만 그들은 늘 둘이 함께였고, 음성언어로 이야기를 하는 대신 손님들에게 금액을 써서 보여주거나 손짓으로 의사를 표현했다. 잦은 일은 아니었지만 붕어빵을 기대하고 한참을 걸어갔는데, 노점이 보이지 않을 때도 있었다. 날씨가 몹시 춥거나, 눈이 내린 날, 붕어빵 노점이 늘 서 있던 자리에 가까워졌는데도 달콤한 냄새가 나지 않으면 마음이 덜컥 불안해졌다. 어딘가 따뜻한 곳에서 쉬고 계시는 거겠지 생각하면서도, 워낙 연로한 분들이니 빙판길에 미끄러지거나 강추위에 앓아눕기라도 하시진 않았을까 걱정이 되었던 것이다. 그리고 그렇게 붕어빵을 사지 못하고 집으로 돌아오는 길, 나는 이런 추운 날 그들의 안부를 물어줄 누군가가 있기를 바랐다. 꼭 자식이 아니더라도. 형제자매가 아니더라도. 중요한 건 안부를 묻는 마음이니까. 잘 알지도 못하는 타인의 안녕이 걱정되고, 그들이 사랑하는 이와 같이 있길 바라게 되는 건 붕어빵 때문인지도 모르겠다. 붕어빵은 낱개로 살 수 없고 누군가와 나눠 먹어야만 맛있는 음식이니까.

델핀 드 비강의 『고마운 마음』에 등장하는 미쉬카 할머니에게는 안부를 걱정해주는 사람이 둘이나 있

다. 조울증을 앓는 엄마 대신 어린 시절 자신을 돌봐
준 미쉬카 할머니를 고마워하는 마리와 요양병원에서
미쉬카 할머니와 가까워진 언어치료사 제롬이 그들
이다. 젊은 시절 오랫동안 신문사에서 교정교열 업무
를 맡아왔을 정도로 언어 능력이 뛰어났던 미쉬카 할
머니는 이제 간단한 말조차 할 수가 없다. 실어증을 앓
게 된 것이다. 그런데 아이러니하게도 언어 능력을 상
실하고, 의지대로 표현할 수 없게 된 바로 그때 미쉬카
할머니는 더 늦기 전에 2차대전 당시 유대인인 자신을
숨겨주고 3년이란 시간 동안 아무런 대가 없이 돌봐준
부부에게 고마운 마음을 전해야만 한다는 것을 깨닫
는다.

사람들은 흔히 우리가 겪은 무수한 일들이, 만난
사람들이 우리를 만든다고 생각한다. 하지만 그 말은
반만 맞고 반은 틀린데, 우리는 경험만이 아니라 그중
무엇을 간직하고 무엇을 버리는가 하는 선택에 따라
빚어지기 때문이다. 생존의 위협을 느꼈을 어린 시절
을 통과했지만 생의 마지막 순간 인간에 대한 혐오나
절망을 말하는 대신 고마움을 표현하고자 하는 미쉬
카 할머니와 그런 할머니를 보살피고 할머니의 소원

을 들어주려 노력하는 마리와 제롬의 이야기는 선의의 힘을 다시 한번 믿어보게끔 이끈다. 악의가 시끄럽고 요란하게 우리의 눈길을 사로잡는 이 순간에도 선의는 사람과 사람 사이에서 번져나간다. 고요하지만 멈추지 않고. 겨울의 한복판이라도, 우리는 볕을 찾는 사람이 되기로 선택할 수 있다.

달콤한,
그 밤의 기억

　　최근 내게 생긴 가장 커다란 변화는 조카가 생긴
것이다. 첫 조카. 첫 조카라는 존재가 얼마나 사랑스러
운지에 대해서 주변으로부터 이미 수도 없이 들었던
터라 나는 동생이 아이를 가졌다는 소식을 들었을 때
부터 조카와 대면할 날을 손꼽아 기다리고 있었다. 하
지만 태어나기만 하면 바로 볼 수 있을 줄 알았던 조카
를 실제로 만나기까지는 생각보다 더 많은 시간이 필
요했다. 코로나19 바이러스로 인해 산부인과에는 출
입이 불가능했고, 산후조리원 역시 면회가 제한되어
있었기 때문이다. 그나마 다행인 것은 애플리케이션

을 설치하면 아기의 동영상을 실시간으로 볼 수가 있다는 점이었다.

나는 글을 쓰다가도, 낮잠을 자다가도, 밥을 먹거나 설거지를 하다가도, 틈만 나면 애플리케이션을 켜고 조카를 관찰했다. 아기는 눈을 거의 뜨지 않았고, 어쩌다가 한 눈씩 가늘게 떴으며, 가끔씩은 입을 바삐 오물거렸다. 그런 갓난아이를 보고 있노라면 동영상으로라도 볼 수 있는 게 어디냐 싶고, 기술이 이토록 발달했다는 것이 새삼 놀라웠지만, 그럼에도 불구하고 아기를 실제로 안아볼 수 없어 아쉬운 마음이 드는 건 어쩔 수 없는 일이었다. 동그란 아기의 발은 얼마나 말랑말랑할까. 통통한 두 뺨은 또 얼마나 부드러울까.

나는 동생에게 매일같이 아기에 대해서 말해달라 졸랐고, 어느 날 동생은 나에게 이렇게 말했다. "아기의 정수리에서는 달콤한 향기가 나." 정수리에서 나는 달콤한 향이라니. 대체 그건 어떤 향일까? 그 말을 듣고, 나는 그즈음 쓰고 있던 소설 속에 신생아를 등장시킨 후, 아기를 묘사하는 대목에 "딸의 정수리에서는 달콤한 분유 향기가 났다"라는 문장을 적었다. 소설에는 분유 향이라고 적었지만, 사실 동생이 "달콤한 향"

이라는 말을 했을 때 내가 가장 먼저 떠올린 것은 언젠가 동생과 꽈배기 전문점에서 맡았던 설탕의 냄새다.

예정일을 일주일 남겨놓고, 동생이 출산 휴가에 돌입하기 전 마지막 출근을 했던 2월의 어느 날, 최후의 만찬일지도 모른다며 동생이 좋아하는 식당으로 저녁을 먹으러 가던 길이었다. 그러던 중 동네에 옛날식 꽈배기 가게가 생겼는데, 얼마나 맛있는지 모른다는 이야기를 동생이 갑자기 꺼냈고, 우리는 식당에 가기 전에 꽈배기를 사러 가자고 순식간에 결정을 내렸다. 아기가 태어나면 당분간 꽈배기를 사 먹으러 자유롭게 돌아다니신 못할 테니까. 임신 중엔 먹고 싶은 걸 다 먹어야 하니까. 하지만 아쉽게도 우리가 가게에 도착했을 때, 카운터에는 누군가가 그날 남아 있던 마지막 꽈배기를 사서 계산을 하고 있었다.

"내일 다시 오자."

"응, 내일 다시 오면 되지."

우리는 그렇게 말했지만, 결국 다음 날 그 가게에 가지는 못했다. 조카가 예정일보다 일주일 일찍, 그러니까 동생의 출산 휴가가 시작한 바로 그 새벽에 태어나버렸기 때문이다.

동생은 이제 한 달이나 된 아기를 먹이고 재우고 달래느라 고군분투하는 초보 엄마가 되어 있다. 여자 아이들이었기 때문일까, 아주 어릴 때부터 나와 동생은 엄마가 되는 일에 대한 두려움에 대해서 이야기를 자주 나누곤 했다. 우리의 인생을 통째로 바꿔버릴 그 사건에 대한 막연한 불안과 한 인간의 인생을 책임지는 일에 대한 공포. 하지만 어느새 아기를 안고 있는 모습이 제법 잘 어울리는 동생을 볼 때면, 나는 앞으로는 어디서든 갓 튀긴 꽈배기의 고소하고 달콤한 향을 맡으면 아직 조카가 태어나지 않았던, 만삭의 동생과 마지막으로 거리를 걷던 그 밤을 떠올릴 것 같다는 생각이 들곤 한다. 한 생명의 탄생에 대한 기대가, 자꾸만 고개를 들려 하는 미래에 대한 불안을 부드럽게 쓰다듬어 주던 밤. 그리고 그런 밤을 떠올릴 때면, 나는 나의 동생에게 이런 말을 귓가에 속삭여주고 싶어지는 것이다. 사랑하는 동생아, 잊지 말렴. 아기가 있든 없든, 세상의 모든 아름다움은 앞으로도 여전히, 그리고 온전히 너의 것이야.

빈집처럼 쓸쓸하지만
마시멜로처럼
달콤한

다정히
건네는 말

취미로 베이킹을 시작한 이래 지금까지 나는 무엇이든 대체로 내가 혼자 먹거나 가족들과 먹을 수 있는 양 만큼만을 굽는 편이다. 누군가에게 구운 걸 선물하는 일은 거의 없는데, 그건 내가 베이킹을 하는 과정 그 자체를 좋아할 뿐, 만들고 난 결과물의 질에는 큰 관심을 두지 않는 탓에 맛이나 모양이 항상 일정치 않기 때문이다. 기껏 구운 무언가를 누군가에게 건네준 뒤, 그걸 먹은 상대가 맛없어하는 건 아닐까 걱정하는 일은 가능하면 피하고 싶다. 내가 구운 걸 먹은 누군가가 '이건 시나몬롤 맛이 아니야'라거나, '쿠키치고는 바삭바삭함이 부족한데?'라고 말하는 상상을 하면 베이킹을 하고 싶은 마음은 온데간데없이 사라져버리고 만다. 베이킹은 나에게 온전히 유희의 시간일 뿐이니까. 소설 쓰는 게 너무 좋아 소설가가 되었고, 지금도 소설 쓰는 일을 무척 사랑하지만, 그 결과 끊임없이 외부로부터 평가를 받는 처지에 놓인 나에게는 베이킹만큼은 남들의 평가와 무관한, 오직 나만을 위한 영역으로 남겨두는 것이 무척이나 중요하다.

소설가는커녕 습작생도 아니었던 이십 대 초반에는 조금 다른 이유에서 내가 만든 무언가를—그것이 직접 구운 케이크든, 뜨개실을 한 목도리든, 무엇이든 간에—누군가에게 선물하는 걸 상상할 수 없었다. 이십 대의 나는 자신감이 정말 없었고, 타인에게 나를 드러내는 걸 공포스럽게 생각하는 편이었다. 사랑을 할 때도 마찬가지여서, 나는 고백을 받으면 잠수를 타버렸고, 우여곡절 끝에 연애를 시작해봤자 내 본모습은 꽁꽁 감춘 채 몸을 사리다가 이런 식으로는 머지않아 헤어지게 될 거라는 확신 속에서 도래할 이별의 날을 카운트다운하기 일쑤였는데, 그것은 모두, 있는 그대로의 나를 사랑해줄 사람은 세상에 없다는 이상하지만 강한 믿음에 내가 사로잡혀 있었기 때문이다.

내가 처음으로 연인에게 직접 구운 무언가를 선물한 것은 스물 두 살인가 세 살 때의 일이다. 그즈음 나는 백일을 지날 때마다 이 정도면 슬슬 파국을 맞이할 때가 되고도 남았다며 울고불고하던 시기를 몇 차례 지난 뒤 인생 최초로 꽤 안정적인 연애를 시작하려던 참이었다. 그리고 내게는 어떠한 이유에서인가 어느 날 갑자기, 지금의 연인이라면 내가 아무리 맛없는 걸 만들어주더라도 기뻐하며 세상에서 제일 맛있는 음식인 양 먹어줄지도 모른다는 이상한 용기가 찾아온다. 맛이 없다고 그러면 어떻게 하나 하는 불안을 억누를 수 없으면서도, 어쩌면 이 사람이야말로, 잘했든 못했든 상관없이 그저 내가 자신을 위해 정성을 쏟았다는 이유만으로 기뻐해줄, 내가 오랫동안 기다렸던 바로 그 사람일지도 모른다는 기대가 마음속 저 깊은 곳에서부터, 어찌할 도리가 없다는 듯, 속수무책으로, 무럭무럭 자라나던 밤.

오븐 속의 머핀들은 적절한 시간과 온도 속에서 적당히 촉촉하게 부풀어 올랐고, 다음 날 나는 데이트를 마친 후 헤어지던 집 앞 골목에서 간밤에 구운 초코 칩 머핀이 담긴 쇼핑백을 건넸다. "집에 가서 열어봐." 그리고 심야 버스 안에서 쇼핑백을 열어본 후 놀라서 전화를 걸어왔던 나의 어린 연인. "정말 네가 만든 거야? 네가 만들었어?"라고 연거푸 묻더니, "지금 내가 너희 집 앞으로 돌아갈 테니까 잠깐이라도 다시 나오면 안 돼?" 하던 그의 한껏 들떠 있던 목소리.

그 후로 나는 아주 오랫동안 그와 연애를 했고, 긴 시간 동안 집 앞 골목에서 헤어질 때마다, 혹시라도 그가 돌아가는 길에 사고를 당해 내 인생에서 사라져버리면 앞으로 나는 어떻게 살 수 있을까 두려워지곤 했다.

지금은 그때로부터 멀리, 멀리 와버렸지만 가끔 바람이 몹시 부는 밤이면, 가로등 켜진 골목길 위에 서 있는 나를 다시 마주할 때가 있다. 피부가 투명하리만치 얇은 막으로 이루어져 있기라도 한 것처럼 바깥의 아주 작은 자극마저도 견디지 못하고 쉽게 움츠러들던 나를. 누군가로부터 사랑받을 수 있다는 것이 기적처럼 느껴져 행복할 때마다 도리어 무서워지곤 하던 날들의 나를. 그럴 때면 나는 그때의 그 아이에게 다정히 말을 건네고 싶어지곤 한다. 누군가를 사랑하고, 누군가의 사랑을 받기 위해선 무엇보다 스스로를 충만히 사랑해야만 해. 그러면 스물두 살의 그 아이는 틀림없이 웃으며 이렇게 말하겠지. 걱정 마, 나도 이제 막, 그걸 어렴풋이 깨닫고 있는 중이니까.

자신의 과오를
대하는 자세

〃 자허토르테
〃 토마스 베른하르트, 『모자』

오스트리아에는 '사허토르테의 날'이 있다고 한
다. 한낱 케이크를 기념하는 날이 있다니, 모르긴 몰
라도 1832년 프란츠 자허가 처음 만들었다는 자허토
르테는 오스트리아를 대표하는 케이크가 틀림없는 것
같다. 그 존재를 알게 된 이후부터 초콜릿 케이크를 좋
아하는 나는 줄곧 스펀지케이크 안에 살구잼이 발려
있고 겉면은 초콜릿으로 코팅된 진짜 자허토르테를
언젠가 오스트리아에 가서 먹어봐야겠다는 계획을 품
고 있다. 진한 초콜릿 케이크 위에 생크림을 얹어 한
입 먹으면 세상에 대한 환멸을 잠시 동안만이라도 잊

어버릴 수 있지 않을까 하는 그런 기대를 갖고 말이다.

　자허토르테 말고도 오스트리아를 연상시키는 것들은 많이 있다. 하지만 오스트리아는 내게 아무래도 토마스 베른하르트의 나라다. 다양한 장르의 문학 작품을 남긴 베른하르트는 나치에 협력한 오스트리아를 비판하는 글을 써온 작가로 알려져 있다.

　저작권법이 유효한 기간 동안에 오스트리아에서 자신의 작품을 출판하거나 공연하지 못하도록 하는 유언을 남김으로써 끝내 문학적 망명자로 남은 토마스 베른하르트의 소설에는 뚜렷한 서사가 없다. 하지만 그의 광기 어린 문체들을 따라 읽다 보면 세계가 얼마나 부조리함으로 가득 차 있는지를 깨닫게 된다.

　토마스 베른하르트의 여러 작품들 중에서 최근 다시 꺼내 읽고 싶어진 것은 『모자』에 실린 「희극입니까? 비극입니까?」이다. 이 짧은 소설에는 연극을 경멸하는 인물이 등장한다. 연극을 보러 가야 하는가를 놓고 고민하던 주인공은 결국 극장에 가지 않기로 결심하고 표를 환불받기 위해 나섰다가 한 사내와 마주친다. 그 사내는 매일 같은 수의 걸음을 걸으며 시내를 배회하는 인물이다. 대화를 하면 할수록 주인공은 점점 사내가 미치광이일지도 모른다는 생각을 하게 된다. 사내가 신고 있는 것이 여자 구두이고 외투나 모자마저 모두 여성용이라는 사실을 알게 된 주인공은 구역질을 느끼기도 한다. 사내는 어떤 이유에서 그런 차림으로 추운 거리를 헤매고 다니는 걸까?

이 소설의 결말부에 이르면 우리는 사내가 22년 8개월 전에 한 여자를 운하 아래로 밀쳐 넣었다는 것을 알게 된다. 그리고 자신이 저지른 폭력의 대가로 그는 형무소에서 세월을 보낸다. 살해당한 여자의 복장을 한 채로 거리를 매일 배회하는 사내는, 세상이 유일한 감옥이며 극장 안에서 상연되고 있는 연극은 틀림없이 희극일 거라고 주인공에게 말한다.

연극을 인생에 대한 은유로 생각한다면, 사내의 말은 부조리로 얼룩진 인간의 삶 그 자체가 희극이라는 사실을 뜻하는 것이리라. 하지만 오랜만에 이 소설을 다시 펼쳐 들었을 때 내 눈길을 끈 것은 그의 말보다는 삶을 살아가는 태도였다.

우리는 어떤 이유에서 사내가 여자를 살해했는지, 세계를 부조리하다고 느끼는지 구체적으로는 알지 못한다. 하지만 사내는 피해 여성의 옷을, 뜻하지 않은 사고에 대한 기억과 죄책감처럼 몸에 두르고 살아간다. 누군가에게 조롱거리와 역겨움의 대상이 될지라도 말이다. 그리고 그는 자신이 죄를 저지른 자리를 영원토록 맴돈다. 마치 과오를 잊지 않으려는 듯. 어쩐지 요즘은, 오독일지라도, 그런 사내의 태도 안에서 숭고함을 애써 발견하고 싶은, 그런 날들이다.

사랑의
자리

〃 생크림 토스트
〃 앙드레 지드, 『좁은 문』

그린 단어가 있다. 별다른 추억이 생기기도 전에 이미 향수를 불러일으키는 단어들. 내게는 '다방'이 그렇다. 똑같이 커피와 차를 마시는 공간을 가리키는 단어지만 '커피숍'이나 '카페'와 달리 '다방'이라고 발음할 때만 환기되는 향기와 공기의 질감이 있다.

애인을 군대에 보낸 뒤, 완행열차를 타고 갔던 어느 소도시의 작은 다방. 간판에 적힌 다방, 이란 단어에 이끌려 무조건 문을 열고 들어간 그곳 테이블 한쪽에는 색색의 과자가 담긴 플라스틱 바구니가 놓여 있었다. 커다란 유리창 너머로는 가랑눈이 흩날렸다. 눈이 내리는 낯선 도시를 내려다보며 마음속으로 편지를 썼다. 네모난 유리창은 누군가 하얗게 가루를 날리며 썼던 글을 지우는 편지지였다. 그건 부치지 못할 연서였다. 아침이 밝으면 지우게 될 줄 알면서도 생生의 밤마다 쓰고 또 쓰는 연서. 그 시절, 내 안에는 발신하고 싶은 편지들이 너무 많았지만 수취인은 언제나 소재 불명이었다.

'향'이라는 어여쁜 이름의 다방을 알고 있다. 언젠가 친구들과 함께 바다에 갔던 오래전 여름 발견한 다방이다. 우리가 스물 셋이거나, 네 살이었을 때의 일이었던 것 같다. 취향도 성격도 인생의 지향점도 달랐지만 불투명한 미래 앞에 초라한 빈손을 내밀고 있는 것같이 느낀다는 점에서만큼은 동일했던 우리. 집으로 돌아가려던 길, 우리는 향 다방을 발견하고 약속이나 한 듯이 들어가 냉커피를 한 잔씩 시켰다. 색 바랜 커튼과 테이블보. 소금기 머금은 빛과 정적 외에는 찾아오는 손님이 없을 것처럼 보이던 다방. 동네 주민이 분명해 보이는 노인들이 이따금씩 부채질하며 문을 열고 안으로 들어올 때마다, 거리의 열기가 쏟아지듯 들어오던 그곳은 아직 거기에 있을까?

내 인생 첫 다방의 추억은 아무래도 스무 살 봄에 각인되어 있다. 공강 시간이면 동기들끼리 즐겨 가던 학교 앞의 다방. 사실 이름만 다방일 뿐, 다방 특유의 매력과 분위기는 모두 사라져버린 공간이었지만 갓 입학했던 우리가 그곳을 즐겨 찾던 이유는 대학교 정문이 내려다보이는 곳에 위치해 있기 때문이었다. 동기들과 그곳에 자리를 잡고 앉아 하루 종일 유리창 아래를 내려다보고 있으면 다른 동기나 선배들이 지나가는 것이 어김없이 보였는데, 그러면 우리는 누가 먼저랄 것도 없이 그들에게 전화를 걸곤 했다. "위로 올라와." 유리 창가에서 손을 흔들던 우리를 발견하면 환히 웃던 친구들.

학교 근처에 세련된 카페들이 많았지만 나와 친구들이 그곳을 좋아하게 된 또 다른 이유는, 음료수를 시키면 토스트를 무한정 먹을 수 있다는 점 때문이었다. 돈은 별로 없고, 젊음은 아직 귀한 줄 몰라 시간을 사치스럽게 낭비하는 데엔 죄책감이 없던 스무 살. 그 시절, 우리에게 가장 커다란 화두는 사랑이었을 것이다. 나를 송두리째 변모시킬 불같은 사랑을 꿈꾸면서도, 내가 연소되어 버릴까 봐 매일매일 두렵던 그때. 그 탓인지, 새하얀 생크림을 발라서 먹던 그때의 그 토스트를 생각하면 불안과 기대 사이의 진폭이 너무 커서 고통스러웠지만 언제나 화창하기만 했던 것처럼 기억되는 날들이 떠오른다.

환희와 고통 사이의 낙차가 큰 탓인지 청춘은 오래전부터 많은 소설가들이 즐겨 다루는 소재다. 고전소설인 『좁은 문』에도 청춘의 열병을 앓는 두 남녀가 등장한다. 서로 사랑하는 사촌지간인 제롬과 알리사가 바로 그들이다. 일찍 아버지를 여의고 방학 때마다 외삼촌 집에 내려가서 지내는 제롬은 어느 날 알리사가 어머니의 불륜 때문에 괴로워하는 것을 보고 그녀를 고통으로부터 지켜주기로 결심한다. 그때부터 제롬은 알리사에 대한 사랑을 갈구하지만 알리사는 제롬을 사랑하면서도 그의 마음을 받아들이지 않는다. 독실한 신앙을 가진 알리사는 자신을 향한 제롬의 세속적인 사랑이 그의 영혼에 해를 끼친다고 확신하게 되고, 제롬을 구원하기 위해 그의 사랑을 외면해야 한다고 생각하기 때문이다.

『좁은 문』은 알리사라는 인물을 통해 도덕과 신앙에 대해 얘기하는 작품으로 알려져 있다. 제롬의 사랑을 끝내 거부하며 고독하게 죽어간 알리사는 숭고한 자기희생을 통해 절대적인 신앙을 완성하는 성녀일까? 아니면 그릇된 신앙으로 파멸에 이르는 광신자인 걸까? 『좁은 문』은 두 가지 가능성을 모두 열어두었다는 점 때문에 많은 사랑을 받았다.

하지만 오랜 시간이 흘러 『좁은 문』을 다시 읽었을 때 내게 인상적이었던 것은 알리사의 신앙심보다는 소설 도처에서 언급되는 불안이었다. 두 주인공이 불안에 떠는 이유는 사랑하는 상대의 마음을 읽을 수 없기 때문이다. 자신의 사랑을 받아달라고 상대에게 강요하는 제롬이나 문제를 회피하기만 하는 알리사는 서로 다른 사람들처럼 보이지만, 그들은 상대의 의중을 알 수 없다는 공포를 견디지 못하고 자신들이 옳다고 믿는 방식으로만 사랑을 완성하려고 한다는 점에서 같은 인물들이다. 그리고 그들의 사랑은 결국 비극적인 방식으로 끝난다.

사랑에 대해서 말할 때 우리는 열정이나 도취를 쉽게 떠올리지만 진정한 사랑이라는 것이 있다면 그것은 청춘이 지나고 나서야 비로소 가능한 게 아닐까 가만히 생각해본다. 넘치는 건 젊음뿐, 상대가 바라는

것이 무엇인지 헤아릴 여유는 조금도 갖지 못해 서로
를 오독하는 시기를 지나야 우리는 사랑에 대해 제대
로 이야기해볼 수 있는지도 모른다고도. 공고한 '나'
의 성을 허물고 타인에게 자리를 내어줄 때, 마침내 사
랑은 그 눈부신 폐허에서 시작할 테니까.

버리지 못하고
모아둔 그리움

〃 롤케이크
〃 켄 리우, 『종이 동물원』

미국인 아버지와 중국인 어머니 사이에서 태어난 잭은 어린 시절 어머니가 포장지를 접어서 만들어준 종이호랑이를 애지중지한다. 어머니가 꼬깃꼬깃 접은 후 숨을 불어넣자 생명을 얻은 종이호랑이는 포장지로 만든 염소를 쫓아다니거나, 개수대 가장자리에 턱을 가만히 괴고 가르랑거리기도 한다.

하지만 점차 커나가면서 어머니를 닮은 동양인의 눈을 가진 자신이 백인 아이들과 다르고 그 때문에 놀림을 받는다는 것을 알게 된 잭은 영어를 할 줄 모르는 어머니를 멀리하기 시작한다. 어머니가 만들어준 종이 동물들도 상자에 넣어버리고. 그렇게 소원한 관계는 잭이 대학생이 되고, 어머니가 죽음을 맞이할 때까지도 계속된다. 그런데 어머니를 잃은 지 2년이 지난 어느 날, 잊고 지냈던 종이호랑이가 잭 앞에 다시 나타난다. 그리고 잭은 포장지의 뒷면에 적혀 있던 어머니의 편지를 발견한다.

환상과 SF문학의 경계를 넘나들어 온 켄 리우의 따뜻하고 동화적인 단편소설 「종이 동물원」을 처음 읽었을 때, 나는 한참 동안 먹먹한 마음에 책장을 쉽게 넘길 수가 없었다. 이 소설이 내 마음을 유난히 건드린 것은 조심스럽게 벗겨내어 보관해둔 포장지로 종이 인형을 만들어주는 잭의 어머니처럼, 사용했던 포장지를 소중하게 모아두던 어떤 한 사람을 내가 알고 있기 때문이었다.

나의 할머니는 남들의 눈에는 쓸모없어 보이는 것들을 모은 후 잭의 어머니처럼 새로운 숨결을 불어넣어 주는 마법 같은 능력을 지닌 사람이었다. 할머니의 서랍장에는 누군가 버리고 간 단추, 지퍼, 리본 테이프 같은 것들이 언제나 가득했다. 할머니는 작아져버린

털 스웨터를 풀어다 털신이나 목도리를 떴고, 안 입는 바지를 잘라서는 가방을 만들었다. 볕이 들어오는 사각의 방에 앉아, 끊임없이 무언가를 재탄생시키던 얇고 주름졌던 할머니의 손. 할머니는 물론 포장지도 모았다.

할머니가 아직 살아 계셨을 때, 이따금씩 할머니를 찾아오던 사람들은 하나같이 롤케이크를 사 오곤 했다. 유년 시절, 나는 겉이 부드럽고 그 안의 딸기잼은 달콤한 롤케이크를 할머니가 얼른 잘라주길 조바심 내며 기다렸다. 하지만 할머니는 소중한 것을 다루듯 테이프를 조심스럽게 모두 떼어내고 포장지를 곱게 벗겨낸 후에야 기다란 상자 속에서 롤케이크를 꺼냈다. 그렇게 조심스럽게 벗기고 때로는 다리미로 주름을 펴기도 했던 그 종이들로 할머니가 곱게 접어준 학과 바구니, 색색의 치마와 저고리. 할머니가 포장지로 겉면을 싸준 연습장에 적었던 수많은 비밀 일기들.

할머니가 돌아가신 지금, 그리움이 되어버린 롤케이크를 어쩌다 먹거나, 사용한 포장지를 버리지 못하고 모아두는 나 자신을 발견할 때면 할머니에게 미처 전하지 못했던 마음들이 떠오르곤 한다.

왜 사람은 마음을 제때 전하지 못하고, 뒤늦게 후회를 하고 마는 걸까? 「종이 동물원」의 잭은 편지를 읽고 난 후 이미 세상에 없는 어머니에게 마음을 전하기 위해 사랑이란 뜻의 한자[愛]를 중국인 관광객에게 배운다. 그러고 난 후 어머니의 편지 위에 사랑이란 한자를 무수히 덧쓴다.

흔히들 사랑은 표현하는 것이라고 말한다. 하지만 「종이 동물원」을 읽으며 어쩌면 켄 리우는 표현하는 행위만으로는 충분하지 않음을 보여주고 있는 건지도 모른다는 생각을 했다. 그러니까, 우리가 사랑에 가닿을 수 있다면 그것은 알맞은 때에, 상대방이 알아들을 수 있는 방식의 표현을 통해서만 가능한 것임을 보여주고 있는 거라고. 이토록이나 슬프고도 아름다운 방식으로 말이다.

보온병 가득 담아 온
홍차와 함께

〃 구겔호프
〃 제임스 조이스,『더블린 사람들』

얼마 전부터 나는 스위스의 작은 도시에 머물고 있다. 인연이 전혀 없던 도시에서 일정 기간을 지내는 동안 하고 싶던 일 중 하나는 취리히에 가는 것이었다. 취리히에 대해서 아는 것이 딱히 없으면서도 가보고 싶었던 이유는 제임스 조이스의 묘지가 그곳에 있다는 이야기를 들었기 때문이다.

사람들에게는 저마다 동경해온 도시가 있겠지만 내가 오랫동안 가고 싶어 했으나 발을 디뎌보지 못한 숱한 도시들 중에는 더블린도 포함되어 있다. 더블린에 가고 싶어진 것은 물론 조이스의『더블린 사람들』

때문이다. 더블린의 작은 호텔 방에 짐을 풀어둔 채, 밤에는 흑맥주를 마시며 조이스의 단편들을 하나씩 읽고 낮에는 소설의 배경이 되는 거리들을 어슬렁거리는 것은 상상만으로도 근사한 일이다.

하지만 꿈을 꾸는 데만 능할 뿐 무엇이든 실행에 옮기는 데는 느린 편인 나는 아직 그런 호사를 누려보지 못했다. 그렇기 때문에 조이스가 묻혀 있다는 취리히라도 가보고 싶었던 것이다.

취리히에 도착하던 날, 도시는 눈으로 가득했다. 가지가 휘어지도록 눈이 쌓여 있던 전나무들. 조이스의 묘지 옆에도 키가 크고 잎이 검푸른 전나무들이 과묵한 상주喪主처럼 눈을 뒤집어쓴 채 정렬해 있었다. 그날 저녁, 취리히를 다시 떠나기 전 나는 기차역 앞 광장에 열린 시장에서 구겔호프를 하나 샀다. 저녁거리를 사서 기차에 오르려던 내 눈에는 새하얀 슈거 파우더를 곱게 쓴 구겔호프가 어쩐지 조이스의 무덤가를 지키고 있던 눈 덮인 나무처럼 보였기 때문이다.

보온병 가득 담아 온 홍차와 함께 구겔호프를 조금씩 떼어 먹으며 열차에서 『더블린 사람들』을 다시 읽었다. 수백 년간 이어진 영국의 식민 통치와 가난, 부패 등으로 인해 고통받던 더블린. 조이스는 소설집을 통해 영국 통치하에 '마비'의 중심이 된 더블린의 여러 병폐를 적나라하게 그리지만, 작품 곳곳에는 작가의 애정 어린 시선이 깃들어 있기도 하다. 좋아하는 이웃 누나에게 줄 선물을 사기 위해 바자회에 가지만 영국 악센트를 쓰는 점원 앞에서 환멸을 느끼고 마는 소년이나, 런던에 가서 성공한 친구와 8년 만에 재회한 후 자신의 처지가 초라하게 느껴져 애꿏은 아이를 울려버리고는 자책하는 수줍음 많은 사내의 이야기를 읽을 때면 얼마나 마음이 적적해지는지.

책 속 더블린과 달리 명품 거리의 불빛이 휘황하고 모든 것이 반짝이던 취리히에서 벗어나자 임대료가 조금 더 싼 교외의 집으로 퇴근하는 듯, 많은 승객들이 피로한 눈꺼풀을 비비며 열차에서 내렸다. 메마른 겨울나무처럼 추워 보이는 그들에게는 돌아가야 할 곳이 있을 테지. 돌아갈 곳이 있다는 것은 작고 동그랗게 빚은 온기를 주먹 안에 꼭 쥔 채 어둠 속을 걷는 일인지도 모른다. 평생 고국과 불화했고, 유배를 자처하며 타국을 맴돌다 죽은 후에도 타국에 묻혀 있는 조이스. 조금도 알아들을 수 없는 낯선 언어의 안내 방송이 흘러나오는, 텅 빈 열차 안에 앉아 창밖을 바라보고 있자니 어느새 밤이 내린 유리창 위로 한 얼굴이 환영처럼 떠올랐다가 어둠 속으로 빨려들어 가듯 사라졌다. 평생 고독했을 한 이방인의 얼굴이.

죽음이 눈앞에 다가왔을 때
무엇을 떠올릴까

♫ 아마레티
♫ 시바타 쇼, 『그래도 우리의 나날』

　전판된 책을 구하기 위해 며칠째 인터넷을 뒤지지만 결국 찾지 못할 때가 있다. 이런 일이 반복될 때마다 헌책방이 즐비하던 골목들이 그리워진다. 요즘에도 중고 책을 파는 서점들이 있긴 하지만 헌책방 특유의 매력을 느끼긴 힘들다. 천장까지 탑을 이루는 빛바랜 책들. 책들 사이로 스며든 햇볕과 먼지의 냄새. 낡은 장정의 책을 열고 한 장씩 책장을 넘기다 문득 발견하게 되는 누군가의 전화번호가 적힌 쪽지, 사연을 품은 영수증, 말라버린 나뭇잎. 이 모든 것들은 활자를 사랑해 일생 동안 서가 주변을 서성일 운명을 손금에

별자리처럼 갖고 태어난 떠돌이들의 은신처를 이루는 일부다.

　최근 새로운 장정에 『그래도 우리의 나날』이란 제목을 달고 어여쁘게 재출간되긴 했지만, 아주 오래전 신촌의 한 헌책방에서 처음 만난 '시바타 쇼오'의 『그래도 우리들의 나날』은 연두색 표지에 세로쓰기로 된 책이었다. 처음 들어보는 작가의 소설이었고, 내가 태어나기도 전인 1980년에 출간되어 정가 1,000원으로 판매되던 낡고 낡은 책이었는데, 이 얇은 소설이 내 눈길을 끈 것은 어떤 이유에서였을까.

　1950년대 일본 전후 학생운동 세대 청춘들의 고뇌를 다룬 이 책에는 열정은 없지만 서로 익숙하기 때문에 결혼해서 살아가려던 후미오와 그의 약혼녀 세쓰코가 등장한다. 그리고 그들은 후미오가 헌책방에서 우연히 발견한 H전집이 계기가 되어, 세쓰코가 대학 시절 알고 지내던 사노라는 인물이 자살했음을 알게 된다. 한때는 극렬한 공산주의자였지만 졸업 후에는 평범한 대기업의 사원으로 살아가던 사노는 '죽음이 눈앞에 다가왔을 때 무엇을 떠올릴까' 하는 질문 앞에서 무력감을 느끼고 자살을 선택한다. 그리고 이 질문을 곱씹던 세쓰코는 자신만의 인생을 찾기 위해 후미오와의 안정적인 관계를 떠난다.

지난달 나는 친구를 만나기 위해 이탈리아에 다녀왔다. 스위스에 머물던 지난겨울 기차를 타고 이탈리아의 한 도시를 찾아간 것은, 몇 년 전부터 그곳에서 살고 있는 친구가 오랜 연인과 이별했다는 이야기를 들었기 때문이다. 이탈리아에서의 체류 기간이 끝나면 귀국해 연인과 가족을 이루며 살 예정이었던 그녀는 판에 박힌 일상을 평생 살고 싶지는 않다는 자신의 욕망을 깨달은 후, 모두가 이상적이라고 생각하는 안정적인 직업을 지닌 자상한 애인에게 최근 이별을 고했다.

10여 년을 함께한 애인과의 결별 후 앞으로 어떻게 살게 될지 모른다고 말하는 친구에게 두렵지 않느냐고 물었을 때 그녀는 이렇게 답했다. "두려워. 그렇지만 난 원했던 삶을 살아보지 못하고 죽는 것이 더 두려워." 대화를 나누고 카페에서 나오며 그녀는 내게 이탈리아의 전통 과자인 아마레티를 사주었다. 아몬드 가루와 살구로 만든 그 과자를 전문으로 파는 가게는 공교롭게도 곧 창립 100주년을 맞는다고 했다.

죽는 것과 사는 것, 무언가를 쌓기 위해 시간을 견디고 오래도록 한자리를 지키는 것과 축적한 것들을 두고 훌쩍 떠나는 것. 타인의 인생에 대해 옳고 그름을 함부로 말할 자격을 지닌 사람은 누굴까?

내가 헌책방에서 샀던 『그래도 우리들의 나날』의 뒤표지에는 다음과 같은 오에 겐자부로의 말이 실려 있다.

사바다 쇼오 씨는 청징淸澄하고 단정한 스타일로 명확하게 한 시대와 거기서 숨 쉬고 있는 청춘 군상에 조명을 가한다. 그들은 과거의 어둠 속에서 나타나 광채를 발하고 다시 어둠 속으로 사라져간다.

그 재회와 별리의 광경이 질서 있게 형상화되어 이 절실한 감명에 찬 수작秀作이 태어났다.

이 작품에서 자신과 친구들의 모습을 발견하는 젊은 독자들은 수없이 많으리라. 그리고 오늘의 우리 문학은 이 진지한 수작秀作을 필요로 할 뿐 아니라, 현실과 미래를 투시하는 작가 시바다 쇼오 씨를 필요로 한다.

헌책방에서 발견한 한 권의 책 때문에 운명이 바뀌어버리는 인물들은 1950년대를 살아가는 젊은이들이지만, 내게는 처음 이 책을 읽었을 때 그들에게서 나와 닮은 어떤 부분들을 발견하고 놀랐던 기억이 있다. 어떤 발화들은 시간이 지나도 퇴색되지 않고 오늘을 산다는 걸 나 역시 이제는 안다.

우리가 어디로 향하는지 아는 사람은 아무도 없다. 우리는 그저 묵묵히, 하루와 하루 사이를 박음질하듯 이으며 살아갈 뿐이니까. 그리고 우리가 아무것도 모른 채 매일매일 그저 자신에게 최선이라 믿는 길을 선택해 앞으로 나아갈 수밖에 없는 존재들인 한, 사노의 질문은 길 잃은 자들에게 방향을 알려주는 북극성처럼 언제나 그 자리에서 빛날 것이다.

오늘도
사랑하고 사랑해야

·

〃 웨딩 케이크
〃 니콜 크라우스, 『사랑의 역사』

며칠 전 사촌 동생의 결혼식에 갔다가 웨딩 케이크를 먹었다. 순백의 웨딩드레스를 닮은 3단의 케이크. 피로연에서 케이크 커팅식을 본 적은 많지만 웨딩 케이크를 먹어본 것은 처음이었다. 웨딩 케이크를 자르는 것은 신랑 신부가 처음으로 '함께'하는 행위를 의미한다고도 하고 다산의 기원을 상징한다고도 하던가? 케이크를 자른 후 사촌 동생은 축하해주기 위해 모인 사람들 사이를 돌아다니며 인사를 건넸다. 신혼여행이며 신혼집에 대해서 살갑게 이야기하는 동안 평소에는 말이 없고 무뚝뚝한 사촌 동생의 얼굴 위로

개구쟁이 남자아이의 표정이 어른거렸다. 사춘기를 겪으며 조금은 소원해졌던 사이였는데 그 표정을 보는 순간, 함께 뛰어놀던 어린 시절로 되돌아간 것만 같은 기분이 들었다. 그렇게 동생이 가깝게 느껴지자 웨딩 케이크가 특별하게 다가왔다. 그것은 흔해빠진 생크림 케이크가 아니라, 여자 사촌들 틈에서 유일한 남자아이로 까불고 장난치던 동생이 어느덧 성인이 되어 그의 아내와 처음으로 잘라준 케이크였으니까. 그리고 그런 생각을 하며 케이크를 베어 물자, 사랑의 완성처럼 미화되기 일쑤인 결혼이란 제도와 결혼식이라는 요란한 행사에 언제나 시니컬한 태도를 보여왔던 누나에게도 사촌 동생 부부의 새로운 시작을 진심으로 축하하는 마음이 피어올랐다.

세상에는 사랑에 대해 말하는 책이 많이 있고, 결혼을 영원한 사랑의 완성처럼 그리는 서사 또한 셀 수 없다. 결혼이 어떻게 사랑의 완성이 될 수 있는지는 도무지 모르겠지만 사랑을 완성한다는 문장을 가만히 읊조려볼 때, 눈앞에 그려지는 장면은 하나 있다. 니콜 크라우스의 『사랑의 역사』에 등장하는 한 장면이 바로 그것이다. 레오폴드 거스키라는 남자가 첫사랑 앨마에 대해 쓴 동명 소설 『사랑의 역사』를 둘러싼 이 이야기는 사랑이 무엇인지에 대해서 곱씹게 한다. 첫사랑을 잃은 후 홀로 고독하게 늙어버린 레오폴드 거스키. 그리고 그가 모르는 사이 번역된 『사랑의 역사』를 읽은 아버지 때문에 책 속 주인공의 이름을 갖게 된 어린 소녀 앨마. 이 두 인물이 공원 벤치에서 마침내 만나는 장면이 감동적인 까닭은, 사랑이 '나'와 '너' 사이에만 싹텄다 소멸되는 감정이 아니라 시간과 공간을 가로질러 무한히 확장되는 감정임을 깨닫게 해주기 때문이다. 레오폴드가 기나긴 고독에서 벗어나 그토록 재회하고 싶었던 '앨마'와 다시 만나는 기적이 일어날 수 있었던 것은 소설 속의 『사랑의 역사』가 돌고 돌아, 외로운 사람들의 인생에 스며들고, 그들을 바꾸고, 서로를 어떤 식으로든 만나게 했기 때문이다.

　　심장이 부풀어오르는 느낌이 들었다. 나는 생각했다, 난 이렇게 오래 살아왔어. 제발. 조금 더 산다고 큰일이 나지는 않잖아. 아이의 이름을 소리 내어 불러보고 싶었다, 내 사랑이 어떤 소소한 방식으로 그애에게 이름을 주었다는 것을 알았기 때문에 그 이름을 부르는 것은 기쁨이었을 것이다. 그렇긴 하지만. 말이 나오지 않았다. 잘못된 문장을 고르게 될까봐 두려웠다. 아이가 말했다, 아버지의 존재조차 몰랐다는 그 아들—나는 아이를 두 번 두드렸다. 그러고 나서 두 번 더 두드렸다. 아이가 내 손을 잡았다. 다른 쪽 손으로 두 번 두드렸다. 아이가 내 손가락을 꽉 쥐었다. 두 번 두드렸다. 아이가 머리를 내 어깨에 기댔다. 두 번 두드렸다. 아이가 한쪽 팔로 나를 감쌌다. 두 번 두드렸다. 아이가 양팔로 나를 감싸안았다. 나는 두드리기를 멈췄다.

앨미, 니 는 말했다.

아이가 말했다, 네.

앨마, 나는 다시 말했다.

아이가 말했다, 네.

앨마, 나는 말했다.

아이가 나를 두 번 두드렸다.*

삶은 유한하고, 열정이나 정념은 시간 앞에선 덧

* 『사랑의 역사』, 372~373쪽.

없이 사그라질 뿐이다. 휘발되어 버리는 약속들, 퇴색되는 맹세들. 그런데도 이 세상에 영원한 사랑이 존재할 수 있다면 그것은 오로지 이런 방식으로만 가능한 것은 아닐까? 『사랑의 역사』의 마지막 장면은 내가 알고 있는 사랑에 대한 이야기 중 가장 아름다운 완성의 형태를 보여준다. 무한히 번져갈 때에만 비로소 완성되기 때문에 완성이 영원히 지연될 수밖에 없는, 사랑. 사랑의 속성이 그런 것이라면, 우리에게 주어진 일은 오늘도 사랑하고, 사랑하고, 또 사랑하는 일뿐이다.

우리의 고독은
부드럽다

〃 콜롬바
〃 줌파 라히리, 『내가 있는 곳』

지난 주말, 스위스에 있는 Y로부터 사진 한 장을 받았다. 슈퍼마켓에서 샀다는 이탈리아 케이크 콜롬바의 사진이었다. 비둘기를 닮은 이 케이크는 이탈리아인들이 부활절에 먹는 음식이라고 한다. 밀가루로 만든 기본 반죽에 설탕에 조린 오렌지 껍질이나 건포도 등을 넣는다는 케이크의 맛을 가만히 상상해보았다. 얼마나 달콤하고 향기로울까?

그런데 '스위스 슈퍼마켓에서 산 이탈리아의 부활절 케이크'라는 말은 그 자체만으로도 상상력을 자극하는 구석이 있다. 지난겨울 이탈리아에서 스위스로 넘어가기 위해 탔던 기차, 이탈리아어와 스위스 악센트의 프랑스어가 혼재하던 그 기차 안의 풍경처럼. 스위스인이나, 이탈리아인이 대부분이던 객차 안에서 나는 유일한 극동 아시아인이었다. 주변 승객들에게 이탈리아어나 프랑스어로 말을 걸던 내 옆의 노신사는 내게 번번이 영어로 말을 걸었다. 머리색과 피부색을 보면서 내가 이탈리아나 프랑스어의 세계에 속하지 않는 이방인일 거라고 짐작했기 때문이었을 것이다.

소설을 쓸 때마다 내 소설에 이방인의 정서가 깔려 있다는 이야기를 줄곧 들어왔다. 실제로 나는 이방인이 등장하는 소설을 많이 썼고, 이방인이 등장하는 소설이나, 이방인으로 스스로를 인식하는 작가들의 소설에 애정을 가져왔다. 인도계 미국인인 줌파 라히리 역시 내가 사랑하는 작가 중 한 사람이다.

최근에 출간된 『내가 있는 곳』은 그녀가 외국어인 이탈리아어로 쓴 첫 소설이다. 영어로 쓴 기존 소설들과는 분위기가 다른 이 소설에는 주인공에 대한 정보가 많지 않다. 스치고 지나가는 이방인을 바라볼 때 우리가 그러하듯, 우리는 파편적인 정보들을 통해서 그녀의 존재에 대해 어림짐작해 볼 뿐이다. 이 소설은

'식당에서', '박물관에서'처럼 공간을 제목으로 단 짧은 챕터들로 이루어졌는데, 한 공간에서 다른 공간으로 부유하듯 미끄러지는 소설을 읽다 보면 어디에도 정착할 수 없는 마음에 대해서 자연스럽게 생각하게 된다.

화자는 왜 이렇게 고독할까? 유년 시절이나 양다리를 걸친 옛 애인의 이야기가 어렴풋이 언급되기도 하지만, 주인공이 겪는 고독은 우리에게도 익숙한 감정이기 때문에 구체적인 사건이 드러나지 않더라도 우리의 마음을 움직인다.

"머물기보다 나는 늘 도착하기를, 아니면 다시 들어가기를, 아니면 떠나기를 기다리며 언제나 움직인다." 소설을 읽다가 발견한 이 문장을 오랫동안 입속에서 노래하듯 굴려본다. 줌파 라히리의 소설을 읽는 것은 매번 우리가 이 세계의 이방인임을 확인하는 일이지만, 이 소설이 유난히 마음을 건드렸던 이유는 나 역시 머물기보다는 도착하기를 기다리는 사람이기 때문일 것이다. 다다르기를, 정박하기를 기다리며 부유하는 사람. 그것은 틀림없이 쓸쓸한 일이지만 머물기보다는 도착하길 기다리는 우리의 고독은 부드럽다. 드러난 피부를 감싸는 봄날의 대기만큼. 달콤하고. 밤공기를 타고 날아오는 꽃향기만큼.

더하는 글 2

지하철 단상—여름의 맛

〃 포카치아
〃 하성란, 『여름의 맛』

소설 「여름의 맛」에는 어느 여름 금각사로 잘못 알고 찾아간 은각사에서 먹었던 복숭아의 맛을 되찾기 위해 헤매는 여자가 등장한다. 일본에서 복숭아를 건네준 낯선 남자는 헤어질 때 그녀에게 말한다. 앞으로는 그녀가 복숭아를 몹시 좋아하게 될 거라고. 그리고 그것이 마법의 주문이기라도 했던 것처럼, 4년 후 그날의 기억을 갑작스럽게 떠올린 그녀는 아무도 가고 싶어 하지 않는 지방 출장까지 자처한다. 돌아오는 길에 유명한 복숭아 산지에 들러 복숭아를 맛보기 위해서다. 하지만 낯선 장소에서 그녀가 경험한 그 맛은 끝내 찾을 수가 없다.

어지러울 정도로 향기롭고 달콤한 과육을 지닌 데다 끈적한 과즙을 뚝뚝 흘리며 먹지 않을 수 없기 때문인지, 복숭아는 무더운 한여름을 떠올리게 한다. 은은하기보다는 강렬하고, 녹아내릴 것처럼 관능적인 여름의 절정. 복숭아는 여름의 열기와 농염을 형상화한 구球다.

그렇다면 초여름은? 초여름을 떠올리게 하는 것은 생동하는 빛깔들. 초여름은 아직 아무것도 농익지 않은 계절이다. 초여름엔 생의 환희가 가득한데, 그것은 빛의 환희라고 바꿔 말해도 좋으리라. 며칠 전엔 지하철에서 내려 집으로 돌아오는 길에 과일 트럭을 보았다. 트럭에 있는 것은 참외와 토마토 딱 두 가지. 나는 토마토와 참외를 각각 한 봉지씩 샀다. 빛을 뭉쳐놓은 것처럼 샛노란 참외와 탐스럽게 붉은 토마토를 보면 여름의 초입에 이르렀음을 실감하게 된다. 향기로운 참외를 깎은 뒤 올리브유를 뿌리고 통후추를 간다. 발효시킨 밀가루 반죽에 토마토와 올리브, 로즈마리를 넣어 포카치아를 굽는다. 햇살과 물기를 가득 담은 초여름의 맛. 오븐 안의 빵이 부풀어 오르고, 갓 구운 포카치아를 올리브유에 찍어 참외 샐러드와 함께 먹으면 초여름의 풍미가 입안에 번진다.

단조로웠던 나의 일상에 지난겨울부터 나름 큰 변화가 생겼다. 어쩌다 보니 일주일에 몇 번씩 1호선을 타고 도시의 안팎을 오가는 일상을 살게 된 것이다. 주로 집과 작업실만 오가며 살았던 터라 모르는 게 많았던 것일 테지만 1호선을 타고 몇 개의 도시를 통과해 멀리 오가기 시작한 첫 몇 주에는 모든 것이 생경했다. 지하철을 타는 시간대의 문제였을까? 끝없이 중얼거리며 악취를 풍기는 노인들, 세상을 향해 큰 소리로 저주를 퍼붓거나 고통을 호소하며 구걸하는 사람들과 함께 지하철에 타고 있으면 나는 불길한 꿈속을 헤매는 아이처럼 얼른 잠에서 깨고 싶어 조바심이 났다.

하지만 시간이 흐르면서 나는 나름의 방식으로 1호선을 타는 나의 일상에 적응했다. 기구한 사연을 너무 많이 들은 날엔 어쩔 수 없이 지치지만 1호선을 타고 멀리멀리 가기 때문에 알게 된 기쁨도 있다. 이를테면 지하철 안에서 읽을 책을 고르는 재미. 독서에 집중해 있다가 느닷없이 맞이하게 되는 뜻밖의 순간들. 책을 읽다 보면 공기가 바뀐 것이 느껴질 때가 있다. 이것은 비 냄새야. 고개를 들어보면 아니나 다를까, 열린 지하철 문 너머에서 비가 내리고 있다. 우산을 챙기지 않았으니 낭패인 게 틀림없는데도, 열차 안에서 비에 젖은 바람의 냄새를 예고 없이 맡으면 왜 어김없이 마음이 환해지는 걸까? 마치 눈이 내리는 풍경을 보면 마음이 환해지듯이. 초여름이 된 이후 지하철을 타며 가장 즐거운 점은 차창 밖의 나무들을 보는 일이다. 책에 고정되어 있던 시선을 들어보면 하나둘 내려 어느새 텅 비어 있는 객차의 차창 너머엔 후줄근한 건물 대신 농담이 다른 초록의 물결만이 가득하다. 이따금 열차 간격 조정을 위해 지하철이 문을 열어놓고 낯선 역에 잠시 정차할 때도 있다. 그럴 때면, 문 너머 가득한 초록의 빛 덩어리를 바라보는 일은 얼마나 황홀한지. 내가 멀리멀리 다니기 위해 1호선을 타지 않고 늘 같은 동선의 좁은 세계만 오갔다면 결코 몰랐을 세계가 그곳에 있다.

여행을 떠나 직접 경험하는 새로운 세계는 나를 놀라운 변화로 이끈다. 온몸으로 신세계를 마주하기 전의 나와 여러 시공간을 거쳐 온 나는 전혀 다른 내가 된다.*

이것은 내가 지하철 안에서 읽은 책 중 한 권인 『우리의 활보는 사치가 아니야』의 한 구절이다. 유명한 유튜버이자 이십 대 장애여성이기도 한 김지우 작가가 휠체어를 탄 다양한 세대의 장애여성들과 대화를 나눈 인터뷰집인데, 자신들의 서사를 새롭게 써가고 새로운 삶의 문을 스스로 여는 여성들의 이야기에 언제나 매혹되는 독자인 나로서는 휠체어에 탄 채 홍콩, 일본, 호주는 물론 인도까지 여행을 간 여성들의 목소리를 담은 이 책에 단박에 사로잡히지 않을 재간이 없었다. 지난겨울 이후 각양각색의 사람들을 지하철 안에서 만났지만 휠체어를 탄 승객을 본 건 지금껏 딱 한 번뿐이다. 자유롭게 이동할 수 있다는 건 물리적으로 신체를 자유롭게 옮길 수 있는 권리를 갖는다는 것만을 의미하지 않는다. 우리가 어딘가에 간다는 건 감각과 사유의 지평을 확장하는 일이고, 나의 한계와 역량을 탐색하고 세계의 면면을 발견할 수 있게 되는 일이니까.

그런 이유로 아름다운 초여름의 차창 밖을 보며 1호선에 앉아 있을 때면 나는 수없이 많은 휠체어를

※ 김지우, 『우리의 활보는 사치가 아니야』, 휴머니스트, 2024, 188쪽.

탄 사람들, 안내견을 동반한 사람들과 함께 타는 지하철을 꿈꾸게 된다. 갈 곳 없는 약자들이 지하철 안에서 세상을 향한 분노와 욕설을 뱉지 않아도 되는 세상을 꿈꾼다. 꿈을 꾸는 사람들이 모이면 세상이 바뀐다는 말을 나는 아직 믿는다. 꿈을 실현하기 위해 노력을 한다는 전제가 필요하겠지만. 지금은 어쩌면 아직 이른 여름의 초입. 변화의 수확을 거둬들일 가을은 언제나 올까? 다가올 가을을 기다리며 우리가 부수고 다시 이어나가야 할 선들을 조용히 가늠한다.

떠나보내는
여름

  독일을 여행하던 중 가장 흔히 본 빵은 프레첼
이었다. 갈색의 윤이 나는 겉면에, 8자로 반죽의 모
양을 꼬아 구운 빵. 프레첼은 짭짤한 특유의 맛 때문
에 맥주와도 궁합이 잘 맞는데, 독일의 대표적인 빵으
로 널리 알려진 프레첼의 이름이 옛 독일어인 '브레치
텔라brezitella'에서 유래했다는 사실을 알고 있는 사
람은 그렇게 많지 않다. 팔찌를 가리키는 영어 단어
'bracelet'과 동의어인 이 단어를 이름으로 지니게 된
것은, 오래전 독일의 슈바벤 지방에서 밀가루 반죽으
로 부장품인 반지나 팔찌, 목걸이 등을 빚어 장례식장

에 참석한 사람들에게 나누어준 풍습에서 이 빵이 유래했기 때문이다.[*] 짠맛 말고는 다른 것을 느낄 수 없어 특별히 좋아하지 않던 빵이었는데, 죽은 이를 떠나보내는 의식을 위해 남아 있는 사람들이 만든 빵이라는 걸 알게 된 이후, 프레첼을 볼 때면 나는 거듭, 상실을 앓는 사람이 되었다. 누군가를 잃고 나서, 그를 떠나보내기 위해 밀가루로 반죽을 이기고, 어두운 부엌에 앉아 하염없이 팔찌 모양을 빚는 사람의 마음을 상상해본다. 프레첼이 짠맛을 지닌 빵인 것은 애도하는 이들의 눈물을 담고 있기 때문일지도 모른다.

내 인생의 첫 번째 죽음은 할아버지의 죽음이었다. 그때 나는 할머니와 할아버지가 주무시던 안방의 건너편 방에서 자고 있었는데, 이상한 소리가 들려와 잠에서 깨어보니 할아버지가 돌아가시려 하고 있었다. 하필이면 그날 집에는 부모님이 모두 계시지 않았고, 할머니와 나, 어린 동생뿐이었다. 찬송가를 불러드려야 한다는 할머니의 말에 나는 아무것도 모르면서 창밖에 아직 파리한 어둠이 가득했던 새벽, 숨을 거두

[*] 오카다 데쓰 지음, 이윤정 옮김, 『국수와 빵의 문화사』, 뿌리와이파리, 2006, 140쪽.

려는 할아버지 옆에 앉아 찬송가를 부르고 또 불렀던 기억이 난다. 할아버지의 장례식은 그 시절 일반적으로 그랬던 것처럼 집에서 치러졌다. 그날의 기억에 대해서는 많은 것이 남아 있지 않지만 부고를 듣고 이튿날 서둘러 지방에서 돌아온 아버지가 할아버지의 영정 사진 앞에서 오래도록 소리 내어 울었던 기억만은 생생하다. 그것은 내가 처음으로 본 아버지의 눈물이었다. 그리고 그날, 나는 먹은 것을 게웠다. 이상하게 아무렇지도 않다고 생각했는데, 아버지의 눈물을 본 순간, 할아버지가 돌아가셨다는 것이, 그리고 내가 죽음의 순간을 목격했다는 것이 실감이 났던 모양이다. 한 사람의 인생이 닫히고, 깊은 우물 같은 육체에서 영혼이 빠져나가는 순간을. 그날 화장실에서 구토하던 나의 어린 등을 두드려주었던 사람은 작은아버지였을 것이다. 그 여름, 나는 열 살이었고, 그것은 내가 최초로 목격한 죽음이었다.

죽음이라는 걸 처음으로 경험한 것은 열 살 때였지만, 진정한 의미의 상실과 애도의 고통을 내가 알게 된 건 그로부터 한참의 세월이 흐른 후 할머니를 잃고 나서다. 할머니를 잃은 것은 소설가가 되어 첫 책을 출

간한 지 얼마 지나지 않았던 초여름이었다. 할머니가
떠난 이후 나는 길을 걷다가도, 버스를 타려다가도, 자
주 무릎을 꺾고 주저앉아 울었다. 할머니가 돌아가신
그해에는 꽤 많은 소설을 썼고, 그것들은 나중에 한 권
의 책으로 묶였다. 단 한 편, 소설집에 묶이지 않은 소
설이 있었는데 그것은 할머니가 머물던 요양병원을
배경으로 썼던 「아무 일도 없는 밤」이라는 소설이다.
할머니가 아직 나와 같은 세상에 있을 때 완성해서 송
고했으나, 할머니가 이미 세상에서 사라져버린 이후
에야 교정지를 받았던 그 소설을 나는 오랫동안 들여
다볼 수 없었다. 누군가를 떠나보내는 이의 마음을 그
리는 데 실패했던 그 소설을 내가 다시 대면하고, 수정
해 가까스로 책에 실을 수 있게 된 것은 할머니를 잃고
몇 년이란 세월이 더 흐른 후였다.

누구나 과거를 뒤로하고 다가올 미래를 기대하
는 밤. 실패보다는 희망을 말하는 밤. 누군가에
게는 과오를 덮어줄 축복처럼, 위로처럼 눈송
이가 내리는 밤, 그녀는 숨이 가까스로 붙어 있
는 노인 옆에 간이침대를 놓고 누웠다. 그리고
어쩌면 노인이 자식들을 보지 못한 채 죽을지도

모른다는 사실에 대해서 생각했다. 자신이 노인의 마지막 순간까지 곁에 있어주는 유일한 사람이라면 그녀는 노인이 혼자 버려졌다는 기분을 느끼지 않으며 떠날 수 있게 해주고 싶었다.

"나 여기 있어요."[*]

늦은 밤 먼 곳에 있는 친구로부터 전화가 왔다. "여보세요" 하고 전화를 받으니 저편으로부터 말이 아니라 울음이 들려왔다. 몇 달 전 사랑하는 가족을 잃은 친구였다. 그 무엇으로도 위로할 수 없는 고통의 시간을 통과하고 있을 친구에게 무슨 말을 건네야 할지 몰라, 그녀가 울음 끝에 한두 마디를 할 때마다 바보처럼 "응, 응"만 하는 사이, 창밖으로는 여름비가 쏟아졌다. 친구와 통화를 하던 그 밤으로부터 이틀 전, 나 역시 꽤 가까웠던 선배를 잃은 참이었다. 아무런 조짐도 없었는데, 하룻밤 사이에 날벼락처럼 선배를 잃은 이후, 한동안 나는 누군가와 헤어지거나 연락을 주고받을 때 죽지 말고 다음에 꼭 살아서 다시 만나자고 인사를 해야만 했다. 삶과 죽음이란 것이 실바람에도 허

[*] 백수린, 「아무 일도 없는 밤」, 『오늘 밤은 사라지지 말아요』, 마음산책, 2019, 228쪽.

망하게 뒤집히는 얇디얇은 습자지의 앞뒤 면에 쓰인
글자라는 걸 아프게 깨닫고 있던 중이었으므로.

　　나이를 먹는다는 것은 타인의 죽음을 끊임없이 살
아내는 일에 불과할지도 모른다. 그리고 타인의 죽음
은 결코 온전히 극복되지 않는 상실이다. 사랑하는 이
의 죽음으로 인한 고통을 이겨낼 수 있다고 말하는 사
람들이 있다면 그들은 아직 그런 상실을 경험해보지
못했거나, 그럴듯한 거짓말쟁이일 뿐일 것이다. 어떤
프랑스 철학자가 사랑하는 어머니의 죽음을 애도하며
쓴 일기 속의 한 구절처럼.

> 이런 말이 있다(마담 팡제라가 내게 하는 말): 시
> 간이 지나면 슬픔도 차츰 나아지지요—아니,
> 시간은 아무것도 사라지게 만들지 못한다; 시
> 간은 그저 슬픔을 받아들이는 예민함만을 차츰
> 사라지게 할 뿐이다.
> (1978. 3. 20.)**

** 롤랑 바르트 지음, 김진영 옮김, 『애도 일기』, 걷는나무, 2018,
　111쪽.

애도와 우울증을 구분하며 사랑하는 사람이 더 이상 존재하지 않음을 인정하고 상실의 충격으로부터 벗어나게 되는 것이 건강한 애도의 완성이라고 보았던 프로이트마저도, 다섯 번째 딸인 소피를 스페인 독감으로 잃은 이후 사랑하는 이를 잃은 고통으로부터 극복하는 일은 불가능하다는 것을 깨닫는다. 딸의 죽음으로부터 9년이란 세월이 흐른 후, 프로이트가 절친한 친구에게 쓴 편지에는 우리가 무엇을 하든 상실의 고통은 계속 그 자리에 있고, 고통은 우리가 포기할 수 없는 사랑을 지속하는 유일한 방법이기 때문에 시간이 흘러도 지속된다고 쓰여 있다.

그러므로 우리가 누군가의 죽음 앞에서 매번 처음처럼 절망하는 것은 당연한 일이다. 죽음은 하나의 세계가 문을 닫는 일이고, 아무리 목 놓아 소리 질러도 열리지 않는 문의 이쪽 편에서 무력함을 확인하는 일이니까. 유난히 안타까운 부고를 많이 들은 계절을 통과하며 『애도 일기』를 책장에서 다시 꺼낸다.

우리가 그토록 사랑했던 사람을 잃고 그 사람 없이도 잘 살아간다면, 그건 우리가 그 사람을,

자기가 믿었던 것과는 달리, 그렇게 많이 사랑
하지 않았다는 걸까……?

(1977. 11. 28.)*

이 순수한 슬픔, 외롭다거나 삶을 새로 꾸미
겠다거나 하는 따위와는 아무 상관이 없는 슬
픔. 사랑의 관계가 끊어져 벌어지고 파인 고랑.

(1977. 11. 9.)**

나는 해석하려 하지도 이해하려 하지도 않고, 이
런 구절들을 그저 읽는다. 어두운 부엌에 홀로 앉아 단
조로운 노동을 하며 상실이 불러오는 슬픔과 자책의
채찍질을 묵묵히 견디는 사람처럼.

* 『애도 일기』, 78쪽.
** 『애도 일기』, 50쪽.

~~~

갓 구운
호밀빵 샌드위치를 들고
숲으로

사랑의
편

누구나 그렇겠지만 나 역시 타인의 눈에 비치는 '나'와 내가 실제라고 믿는 '나' 사이에는 꽤 큰 간극이 있는 편이다. 그건 아마도 내가 누군가와 아주 친밀해지기 전까지는 나 자신을 잘 드러내지 않는 사람이기 때문일 것이다. 사람들이 나에 대해 종종 하는 오해들은 대체로 이런 것들이다. 매우 차분하고 감정 기복이 크지 않은 사람일 거 같다거나, 꼼꼼한 사람일 거라는 것. 못 먹는 음식이 아주 많은 사람일 거 같다거나, 특히 비리거나 기름진 음식을 먹지 못하고, 나아가서는 채식주의자일 거 같다는 이야기도 나는 꽤 많이 듣는다.

하지만 나는 언제나 당신의 머릿속에 가장 먼저 떠오르는 것의 반대편에 서 있는 사람. 나의 마음은 눈을 깜빡일 때마다 달싹거리느라 언제나 소란스럽고, 나는 매 순간 덜렁대며, 무엇이든 아주 잘 먹어치운다. 간혹, 허기가 지면 끼니를 건너뛰며 아르바이트를 다니던 시절 즐겨 먹던 피자빵이 먹고 싶어 입안에 군침이 고일 때가 있다. 마요네즈에 치즈, 햄까지 들어가 있는 피자빵을 내가 좋아한다고 말하면 의외라고들 하지만, 나는 피자빵이나 소시지빵, 케첩을 듬뿍 바른 핫도그 같은 것들을 하루에 열 개씩도 먹을 수 있다.

윤리적인 이유에서 채식주의에 대해 오랫동안 관심을 지녀왔으나, 육식을 끊을 엄두를 좀처럼 내지 못하는 이유는 모두 다 나의 식탐 때문이다. 기름기를 뿜으며 반들반들 불판 위에서 익어가는 차돌박이와 곱창, 탱탱한 육질의 생선회와 주홍빛 알이 꽉 찬 간장게장 같은 걸 포기하고도 즐거운 마음으로 인생을 살아갈 자신이 나에게는 좀처럼 생겨나지 않는 것이다.

그런 이유로 채식주의자가 될 가능성이 지극히 희박한 내가 일상에서 실천하려는 행동들은 다음과 같다. 조금 더 비싸더라도 동물복지 인증마크가 붙은 제품을 사는 것. 이미 맛을 알고 있지 않는 고기를 일부러 찾아 먹지 않는 것. 고기 먹는 횟수를 가급적이면 줄이는 것. 동물성 식품을 대체할 수 있는 제품을 적극적으로 사용하는 것.

비건 베이킹에 대한 관심이 생긴 것은 그런 이유다. 꼭 필요한 경우가 아니면 버터 대신 식물성기름을 사용하고, 우유를 넣어야 할 때는 두유로 대체하는 방식으로 나는 베이킹 방법을 조금씩 바꾸어왔다. 부족하나마 이런 노력을 기울이는 것은 내게 소설을 쓰는 일과 타인을 이해해보려는 일이, 나 자신에게 조금 더 너그러워지는 일과 나의 강아지를 사랑하는 일, 그리고 먼 곳에 있는 북극곰을 생각하는 일과 모두 같은 말이기 때문이다.

플라스틱 사용을 줄이기 위해 장바구니와 물병을 들고 다니고, 소포 봉투를 재활용하고, 나무 칫솔을 사용하고, 설탕을 정제하고 남은 부산물로 만든 종이를 사용해 프린트를 하는 식의, 보잘것없지만 안 하는 것보다는 훨씬 나은 작은 실천들.

우리는 살면서 사랑하려 애쓰거나, 그러지 않거나

두 가지밖에 할 수 없는 것은 아닐까 생각할 때가 있다.

그리고 그렇다면 가능한 한 나는, 언제나 사랑의 편에 서고 싶다.

초간단 비건 브라우니 레시피

재료:

◦ 20g 코코아 파우더

◦ 140g 밀가루

◦ 200g 설탕

◦ 200g 비건 초콜릿 녹인 것(비건 초콜릿이 없을 경우 코코아 파우더 30g 추가)

◦ 80ml 코코넛 오일

◦ 240ml 아몬드 우유

◦ 1ts 바닐라 에센스

◦ 견과류, 초콜릿칩(선택)

1. 오븐을 180℃로 예열한다. 모든 가루 재료들을 한 그릇에 담는다.

2. 가루 재료들에 액체 재료들을 넣은 후 골고루 섞는다.(초콜릿칩과 견과류가 있다면 이때

추가)

3. 기름을 칠한 틀에 2를 붓는다.

4. 25~30분 동안 틀에 부은 반죽을 오븐에 넣고 굽는다.

5. 가운데를 찔러봐서 초콜릿이 묻어 나오지 않으면 완성. 냉장고에 굳힌 후 먹으면 더 맛있다.

나무와 나무 사이를
오래 걷고 싶을 때

〃 호밀빵 샌드위치
〃 페터 볼레벤, 『나무수업』

　며칠 전 새벽이었다. 잠에서 깨어보니 빗소리가 들리고 있었다. 어둠 속에 누워 빗소리를 들으니 이 비가 그치고 나면 가을이 성큼 더 가까이 다가오겠구나, 하는 생각이 들었다. 공기가 서늘해지고 하늘이 더 깊어지면 나무들은 옷을 갈아입겠지. 그러면 조금 두꺼운 옷을 꺼내 입고 따뜻한 차를 담은 보온병과 샌드위치를 챙겨 동네 뒷산으로 긴 산책을 나갈 것이다.

　책상 맡에 앉아 있다 고개를 들면 보이는 뒷산 나무들의 우듬지. 뒷산의 풍경은 언제나 그 자리에 그대로 있다. 그 풍경에 반해서 지금 사는 동네로 이사를 온 지도 5년이 넘었다. 하지만 일에 치이고 시간에 쫓기다 보면 동네 뒷산에 오르는 일조차 얼마나 어렵기만 한지. 나무와 나무 사이를 오래오래 걷고 싶지만 짬이 나지 않아 내일로, 다음 주로, 다음 달로 계획을 미뤄야만 하는 날들은 자꾸만 쌓인다. 그렇게 생존을 위해 분투하는 일상으로부터 멀어지고 싶어질 때, 갓 구운 호밀빵 샌드위치를 싸 들고 숲으로 소풍을 가는 기분을 내기 위해 꺼내보는 책이 있다. 『나무수업』이 바로 그것이다.

『나무수업』을 지은 사람은 독일인 산림 전문가 페터 볼레벤이다. 평생 숲속에서 나무들과 함께 살아온 저자의 이야기를 읽다 보면 생명이 얼마나 신비로운지 번번이 놀라곤 한다. 너도밤나무들이 서로 우정을 나눌 뿐만 아니라 심지어 허약한 구성원에게는 영양분도 분배해주는 존재라는 것을 아는 사람들은 얼마나 있을까? 같은 숲에 심어진 너도밤나무라도 뿌리를 내린 곳의 일조량이나 토양의 비옥한 정도는 저마다 다를 것이다. 환경이 다르다면 그에 따라 성장 속도나 목질, 그리고 나무가 만들어내는 당분의 양이 달라지는 것은 너무나 당연한 일 같다.

하지만 『나무수업』에 따르면 너도밤나무들의 경우, 그들이 생산하는 당의 양은 거의 비슷하다. 같은 숲의 너도밤나무들끼리 뿌리를 통해 영양소를 공유하기 때문이다. 나무들은 서로가 비슷하게 성장할 수 있도록, 많이 가진 나무가 허약한 나무에 양분을 공급해준다. 허약한 구성원을 내버려두지 않는 것이 결국 모두에게 이롭다는 삶의 지혜를 너도밤나무는 알고 있는 것이다. 만일 경쟁에 뒤처진 너도밤나무가 죽어버린다면 숲에는 빈자리가 생겨버릴 것이고, 숲의 기후나 일조량, 습도는 엉망이 되어버릴 거라는 진실 말이다. 하지만 사람들은 더 크고 우람한 너도밤나무를 키우기 위해 볼품없는 나무들을 베어버리고 간격을 벌려준다고 한다. 그렇게 인간이 '경쟁자'를 제거해준 숲에 홀로 남은 너도밤나무가 다른 나무들보다 건강하고 더욱 잘 자라는 듯 보이지만 결국 오래 살아남지 못하는 줄도 모르고 말이다.

좋은 책의 기준은 저마다 다르겠지만 나는 읽고 난 후 세상을 보는 시선을 바꿔주는 책들을 좋아하는 편이다. 그런 의미에서 『나무수업』은 나에게 좋은 책이다. 이 책을 읽은 이후 두 번 다시 나무를 그 전과 같은 눈으로 볼 수 없게 되었으니까 말이다. 길을 걷다가 만나는 가로수, 창밖에서 바람에 흔들리는 뒷산의 나무를 보면 그들의 삶이 궁금해진다. 그리고 살아 있는 모든 것들이 더불어 살아가는 세상에 대해서 고민하게 된다. 나무들 역시 우리처럼 아픔을 느끼고, 감정과 기억을 간직하고, 자식을 돌보며 함께 살아가는 존재라는 것을 이제는 알아버렸기 때문이다.

세상에 기적이
존재한다면

〃 슈톨렌
〃 로맹 가리, 『새들은 페루에 가서 죽다』

슈톨렌이란 빵이 있다. 럼주에 절인 말린 과일과 견과류를 섞어 구운 슈톨렌은 독일에서 크리스마스 기간에 즐겨 먹는 빵이다. 슈톨렌 이야기로 글을 시작하는 것은 내가 마침 크리스마스를 즈음해서 그 빵을 선물 받았기 때문이다. 개인 사정으로 연말에 집에만 있어야 하는 내게 기분을 내라며 지인이 건네준 것이 바로 슈톨렌이었다. 선물해준 이의 말에 따르면 독일에서는 이 빵을 12월 초에 만들어두고 크리스마스가 올 때까지 매주 조금씩 떼어 먹는다고 한다. 그런 점에서 슈톨렌은 크리스마스를 고대하는 사람들의 마음을 가장 잘 보여주는 기다림의 빵인지도 모르겠다.

　크리스마스를 배경으로 사랑이나 기적의 이야기를 다루는 영화나 소설 들은 많이 있지만, 올겨울 슈톨렌을 먹으며 떠올린 것은 독일을 배경으로 하는 「지상의 주민들」이라는 단편소설이다. 프랑스 소설가 로맹 가리의 소설집 『새들은 페루에 가서 죽다』에 수록된 이 짧은 소설은, 크리스마스 전날 난쟁이 노인과 젊은 여자가 함부르크로 가던 도중 유리 공예로 유명했던 마을의 광장에 들르는 장면에서부터 시작한다. 그들은 노인의 어린 시절 추억 속에 존재하는 동상을 다시 보기 위해서 광장에 들렀던 것이지만 그 동상은 세계대전 중 폭격으로 이미 사라져버렸다. 해진 외투 차림의 노인과 여자는 텅 빈 광장에 앉아 함부르크까지 태워줄 트럭이 멈춰 서기를 기다리는데, 그들이 함부르크에 가는 이유는 여자의 눈을 고치기 위해서다. 전쟁 중에 부모를 잃은 그녀가 군인들이 저지른 어떤 끔찍한 일에 충격을 받아 앞을 보지 못하게 되었기 때문이다. 하지만 그들이 함부르크까지 가는 여정은 쉽지가 않다. 날은 춥고, 먼지와 오물이 날리는 도로변에서 히치하이킹을 아무리 해봐도 그들을 태워주는 트럭은 없다. 겨우겨우 트럭을 얻어 타고 난 후에도 기사는 여자만 태우고 노인을 내쫓아버린다. 그리고 한참 만에 도로 위에서 노인이 겨우 다시 만난 여자는 화장이 범벅되어 있고 스커트 지퍼마저 떨어져나가 있다.

이렇듯 소설 속에서 벌어지는 일들은 우리가 기대하는 크리스마스 전날의 풍경과는 달리 쓸쓸하고 비극적이다. 처음 이 작품을 읽기 시작했을 때, 나는 이 소설이 매우 어두운 이야기라고 생각했다. 하지만 소설을 끝까지 읽고 난 후 내 마음을 오래도록 붙드는 것은 이런 장면들이었다. 상황이 좋지 않은데도 여자를 실망시키지 않기 위해 노인이 이야기를 미화해 들려주는 장면이나, 흔들리는 트럭 안에서 자신의 몸이 부딪쳐 잠든 여자가 깨지는 않을까 극도로 주의를 기울이는 장면 같은 것들. 약자 중의 약자인 난쟁이 노인이 가족도 아닌 눈먼 여자를 위하는 마음은 어디에서 오는 걸까?

많은 비극적인 일들이 벌어진 한 해의 끝에서 「지상의 주민들」을 다시 읽으며 이 소설이야말로 기적에 대한 이야기일지도 모른다는 생각을 했다. 세상에 기

적이 존재한다면 그것은 언제나, 지상의 보잘것없는
주민들의 연대에서 시작될 테니까.

같고도 다른
두 경계인의 편지

〃 호두과자
〃 서경식·타와다 요오꼬, 『경계에서 춤추다』

얼마 전 마감을 하나 끝내놓고 잠시 바람을 쐬러 시외로 나갔다가 휴게소에서 호두과자를 발견했다. 서울에서도 사 먹을 수 있지만 호두과자 하면 가장 먼저 떠오르는 것은 아무래도 기차, 휴게소, 역 그런 것들이다. 호두과자의 달콤한 냄새를 맡는 순간, 종이 봉지 속 과자를 한 알씩 꺼내 먹으며 창밖의 풍경을 내다보던 유년기의 추억이 생각나는 것은 자연스러운 일인지도 모른다. 그런 이유로, 시市의 경계를 넘고 도道의 경계를 넘으며 먹던 호두과자는 어딘가를 향해 떠나는 사람들, 빠르게 스치는 차창 밖의 풍경과, 이방인들로 북적이는 새벽 터미널의 한기 같은 걸 내게 연상시키는 음식이기도 하다.

여행이 자발적으로 경계를 넘어 일시적이나마 정주 상태에서 비정주 상태로 이동하는 행위라면 이주는 조금 다르다. '서울-베를린, 언어의 집을 부수고 떠난 유랑자들'이라는 부제가 붙은 『경계에서 춤추다』가 매력적인 책인 까닭은 국적이나 성별, 나이는 물론 경계인이 된 이유와 방식마저도 서로 다른 두 작가들이 공개 서한을 주고받는 형식으로 구성되어 있기 때문이다. 이 책에는 재일 조선인이라는 수식어가 항상 따라붙는 에세이스트 서경식이 서울에 한시적으로 머무는 동안 베를린에 사는 일본인 소설가 다와다 요코와 열 가지 주제를 놓고 주고받으며 쓴 편지들이 묶여 있다.

'빛', '동물', '목소리'처럼 평범한 주제들을 가지고 각자 생각을 자유롭게 풀어 쓴 스무 통의 편지들은 모두 흥미롭지만, 두 작가의 개성이 더욱 잘 드러나는 부분들은 '집'이나 '이름', '고향' 같은 주제를 다룬 편지들인 것 같다. 일본에서 태어나 일본어를 모어로 가졌지만 재일 조선인으로 살아온 서경식과 일본에서 태어나 일본인으로 살았지만 1982년 독일로 이주한 후 그곳에서 계속 독일어로 소설을 쓰는 다와다 요코에게 집이나 이름, 고향 등은 같은 의미일 수 없기 때문이다.

경계인으로 산다는 공통점을 가지면서도 또 차이점을 지니는 이들의 시각 차는 마주보는 거울처럼 서로의 사유를 비춰준다. 다와다 요코에게 '이름'이란 설렘과 두근거림을 느끼게 하는 새로운 의미와의 만남을 떠올리게 하는 무엇인 반면, 서경식에게는 이름이 역사로 인해 생겨난 상흔으로 인식된다는 점은 두 작가의 시각 차이가 야기하는 어떤 긴장을 단적으로 보여주는 대목이다. 하지만 긴장이라고 해서 부정적인 것은 아니다. 오히려 책에 실린 스무 통의 편지 곳곳에서 발견되는 이런 차이는 경계 안과 경계 바깥 사이에 놓인 벽뿐만 아니라, 경계 바깥의 것들 사이에 놓인 벽마저도 허무는 데 기여한다. 미끄러지고, 어긋남을 통해서 더욱 풍요로워지는 것. 생각해보면 이것은 여행자가 누릴 수 있는 특권이 아니었던가? 『경계에서 춤추다』에 실린 두 작가의 편지를 읽는 일은 어쩌면 낯선 곳으로 떠나는 고독하지만 즐거운 여행을 닮은 것도 같다.

통밀빵을 굽는
온순한 즐거움

〃 통밀빵
〃 이한승,『솔직한 식품』

몇 주 전, 내가 틈틈이 베이킹을 한다는 걸 알고 있는 친구가 일부러 보내준 통밀 한 포대가 집 앞에 도착했다. 친구가 미리 알려줘 도착할 거라는 걸 알고 있긴 했지만, 포대는 예상했던 것보다 훨씬 컸다. 이걸로 무얼 해 먹지? 즐거운 고민을 하며 포대 자루를 열었다. 난생처음 맡는 통밀 특유의 향기가 가장 먼저 나를 반겼다. 풀냄새를 닮은 향기. 밀가루를 한 줌 쥐고 조심스럽게 코 가까이에 가져다 댔다. 연한 회갈색의 통밀가루 안에는 바람과 볕, 푸르렀던 밀이 황금빛으로 익어가기까지의 피고 지는 계절이 모두 들어 있다.

할머니는 잡곡밥을 무척 싫어하셨다. 할머니가 편애하는 것은 윤기가 흐르는 흰쌀. 그 세대의 사람들에겐 모두 그랬겠지만 할머니에게 하얀 쌀밥은 풍요의 상징이었다. 건강을 위해 현미밥을 먹고, 도정하지 않은 통밀을 찾아 먹는다는 건 할머니로서는 정말 납득할 수 없는 일이었다. 고깃국물 위로 떠다니는 기름을 걷어내거나, 삼겹살의 비계를 잘라내는 것과 마찬가지로. 젊은 시절에는 깡말랐다던데, 내가 기억하는 한 할머니의 배는 언제나 넉넉하게 부풀어 있었다. 둥글게 부풀어 오른 배는 할머니에게 그녀가 걸어온 지난 기나긴 시간에 대한 칭찬이었고, 위로였다.

무엇을 먹고 먹지 말아야 하는지가 시대와 사회에 따라 달라진다는 사실은 언제나 흥미롭다. 먹는 행위는 틀림없이 생존과 관련된 일이지만 동시에 생존을 초과하는 무언가를 품고 있다. 요즘처럼 음식에 대한 말들이 넘쳐나는 시대가 또 있었을까? 텔레비전을 켜면, 날씬하지 못한 것이 '자기 관리'를 하지 않는 게으름의 증거라고 비난하며 탄수화물을 경계하고, 새 모이만큼의 음식만을 먹는 사람들을 대단하다는 듯이 추켜세우는 프로그램들이 넘쳐난다. 하지만 그것들이 끝나면 곧바로 대식가들이 나와 끝도 없이 자극적인 음식을 먹는 프로그램이 이어진다. 먹으면 장수할 수 있는 음식과 암세포를 키우는 음식 같은 걸 심각한 얼굴로 분류하는 흰 가운 입은 의사들. 만병을 낫게 할 것처럼 호들갑스럽게 건강식품을 광고하는 쇼 호스트들.

과할 정도로 음식에 대한 이야기들이 넘쳐나는 요즘이지만 무엇을, 어떻게 먹고 살아야 하는지에 대해서 진지하게 생각해보는 일은 많지 않은 것 같다. 『솔직한 식품』이라는 책에 관심을 갖게 된 것은 이러한 궁금증 때문이었다. 몇 달 동안 몸이 붓고 아픈 날들이 지속되면서 건강한 삶에 대한 고민을 자주 하게 되었기 때문이다. 『솔직한 식품』은 식품공학과 생물공학을 오랫동안 공부한 저자가 식품에 대해 우리가 갖고 있는 잘못된 상식들을 바로잡아 주는 책이다. 책을 읽는 동안 내 눈길을 끌었던 점은 저자가 오해라고 지적하는 것들이 놀랍게도 '전통 음식이 몸에 좋다'거나 '천연은 안전하다'처럼 우리가 쉽게 상식으로 받아들여 왔던 정보들이라는 사실이었다. 이 책은 그러한 상식들을 무분별하게 수용하는 것이 어째서 위험한지를 밝히고 궁극적으로는 정보의 홍수 속에서 무엇을 먹어야 할지 독자들이 스스로 가려낼 수 있도록 가이드라인을 제시해준다.

이 책의 저자가 가장 강조하는 것은 식품 담론 역시 다른 모든 담론과 마찬가지로 비판적인 거리를 두고 수용해야 할 필요가 있다는 사실이다.

> 그런데 왜 밀가루만 끊으면, 또는 탄수화물만 줄이면 비만과 각종 질병에서 해방된다는 이야기가 만연해 있는 것일까? 여기서 우리는 서구, 특히 미국의 영양학 이슈를 그대로 수입해 국내에 유통하는 이른바 '영양학 사대주의'에 대해 생각해봐야 한다. 미국 과학이 한국 과학과 다를 수야 없겠지만, 미국의 영양학 담론을 한국에 직접 적용하는 것은 무리가 있다.[*]

바쁜 현대인들은 무엇이든 선명한 것을 선호한다. 좋은 것과 나쁜 것, 약과 독, 선과 악. 그래야 시간 낭비 없이 취할 것과 버릴 것을 구분할 수 있기 때문이다. 식품에 대한 정보들이 무분별하게 유통되는 것 역

---

[*] 『솔직한 식품』, 21쪽.

시 그런 이유는 아닐까? 하지만 좋고 나쁨은 그렇게 획일적일 수 없다. 인간들이 저마다 고유한 무늬를 손끝에 비밀스럽게 간직하고 태어난 존재들인 한, 모든 이에게 절대적으로 좋은 음식이나 나쁜 음식이 있을 수 없는 것은 당연한 일인지도 모른다. 잘 먹고 건강하게 살기 위해서도, 결국엔 각각의 인간이 자신만의 역사와 맥락 속에 놓인 존재들이라는 사실을 기억해야만 한다는 점에 대해서 나는 책을 다 읽고 나서도 오랫동안 곱씹는다.

친구가 보내준 통밀로 빵을 굽고 또 구웠다. 통밀가루에 적당량의 흰 밀가루를 섞어 반죽을 하고 발효를 기다리는 느린 시간을 보내며, 툭하면 몸에 열꽃이 피어나 괴롭던 하루하루를 온순한 마음으로 통과했다. 한의사인 지인은 나의 맥박을 짚어보더니 내가 항상 지나친 긴장 속에 경계하듯 살고 있고, 그 탓에 잠을 이루지 못하기 때문에 온몸에 열꽃이 피는 것이라고 설명했다. 몸이 쉬라는 신호를 보내는데 무시해서는 안 된다고도 덧붙이면서.

퉁퉁 부은 손을 말아 주먹을 쥐어본다. 나는 내 몸

을 어떻게 대해왔나. 시간이 아깝다고 바디로션 바르는 일조차 건너뛸 때가 대부분이라는 걸 나는 기억해낸다. 일에 쫓기면 가장 먼저 잠을 줄이고, 시간을 효율적으로 활용하기 위해 끼니를 대충 때우기 일쑤였다. 그러고 보면 언제나 나는 내 몸에게 모든 걸 양보하라고 요구했던 것은 아닐까? 가죽 가방 하나만큼도, 구두 한 켤레만큼도 나는 내 몸을 아껴주지 않는다는 사실을 서글프게 깨닫는다. 어쩌다 이렇게 살게 되었을까? 내가 원했던 것은 날마다 다른 구름의 빛깔에 감동하고, 바람의 결을 느끼며, 꽃그늘 아래 앉아 계절이 깊어가는 것을 찬찬히 응시하는 삶이었을 텐데.

임신해 있던 한 친구가 생전 입에 대지조차 않았던 계란이며 우유를 계속 찾았던 걸 나는 기억하고 있다. 투병 중에는 그토록 먹고 싶었던 마늘과 버섯이 다 낫고 나니 생각도 나지 않았다는 누군가의 말도 들은 적이 있다. 어쩌면 몸을 잘 돌보기 위해서는 몸이 나에게 건네는 단서들을 주의 깊게 발견해내기만 하면 되는 것인지도 모른다.

나의 몸을 어떤 성취를 위해 쓰고 버리는 도구처럼, 누군가에게 내보이고 평가받아야 하는 전시품처럼 여기며 살고 싶지는 않다. 내 몸을 살뜰히 아끼면서, 귀한 손님을 대접하듯, 간만에 해후한 연인을 맞이하듯 애틋하게 보살피며 살고 싶다. 웅크렸던 어깨를 펴고 커다랗게 기지개를 켠다. 늘 그 존재를 망각해왔던 무릎 뒤의 주름, 처치 곤란한 듯 대해왔지만 사실은 제법 귀여운 것도 같은 볼록한 아랫배, 언제나 긴장되어 통증으로 '있음'을 호소하는 나의 오른쪽 어깨와 목의 근육을 하나씩 떠올려본다. 그동안 무심했던 것에 대한 미안한 마음을 담아. 몸을 돌보는 일은 그렇게 마음을 돌보는 일을 닮아간다.

'나'의 두려움에서
'우리'의 연대까지

〃 스페인식 샌드위치
〃 호세 캄파나리 글·에블린 다비디 그림,
　『난민이 뭐예요?』

　나는 이따금씩 1761년, 프랑스의 작은 도시인 툴
루즈 필라티에가 16번지에서 벌어진 비극에 대해서
생각해볼 때가 있다. 여전히 툴루즈에 가면 건물이 남
아 있다는 그 집에는 칼라스 가족이 살고 있었다. 내
가 한 번도 본 적이 없지만 간혹 그 생김새를 상상해보
는 장 칼라스라는 사내는 그 집안의 가장으로 포목상
이었고 신교도였다. 아내와 여섯 명의 자녀를 둔 평범
한 가장이었던 이 노인의 삶에 끔찍한 불행이 들이닥
친 것은 그해 10월 13일의 어느 저녁이었다. 그날 밤
열 시, 저녁 식사를 마친 칼라스 가족은 스스로 목을

맨 채 죽어 있는 장남 마크 앙투완의 시체를 발견했다. 곧이어 경찰이 불려오고, 이것이 자살인지 타살인지를 놓고 수사가 벌어졌다. 18세기에는 과학수사대가 없었으니까 수사는 보나마나 지지부진했을 것이다. 자살을 범죄로 여겨 자살한 이의 시체는 매장하지 않고, 옷을 벗긴 채 온 동네를 말로 끌고 다니며 욕보이는 것이 당시 풍습이었기 때문에 칼라스의 가족은 죽은 아들을 위해 자살이란 사실을 처음에 부인했다. 그러자 사건은 점점 타살 쪽으로 기울었고, 마을 사람들 사이에서 가족이 아들을 살해한 것이라는 무시무시한 소문이 퍼지기 시작했다. 마크 앙투완이 신교를 버리고 가톨릭으로 개종하려고 했는데 그것을 원치 않았던 가족이 그를 살해했다는 것이다. 신교도를 증오하던 마을 사람들 사이에서 이런 소문은 순식간에 걷잡을 수 없이 퍼져나갔다. 마을 사람들의 증언에 바탕을 두고 칼라스 가족이 체포되었다. 칼라스 가족은 이후 아들의 죽음이 자살이 아닌 것처럼 위장하려 했다고 자백했지만 재판관들은 증거도 없이 종교적 편견에 근거하여 판결을 내렸다. 그 결과 장 칼라스는 거열형에 처해지고 공범으로 몰린 그의 아들은 추방되었으며 딸들은 수녀원에 감금됐다.

잘 알려졌듯 아들을 죽인 끔찍한 범죄자로 역사에 남을 뻔했던 장 칼라스의 슬픈 누명을 벗겨준 것은 바로 계몽주의 철학자인 볼테르다. 그는 장 칼라스의 무죄를 믿고 이를 입증하기 위해 최선을 다했는데 그 결과물로 쓰인 저서가 바로 『관용론』이다. 2015년 이슬람 극단주의자들에 의해 발생한 샤를리 에브도 테러 사건 이후 프랑스에서 다시 베스트셀러로 부상하기도 했던 이 책을 통해서 볼테르는 좁게는 광신과 다른 종교에 대한 배척에 대해서 비판하지만, 넓게는 다른 사고방식과 행위 양식을 존중하고 승인해야 할 필요성에 대해서 말한다. 장 칼라스의 집안에 닥친 불행은 언제나 나를 두렵게 만든다. 나는 죽기 전 장 칼라스의 마음에 드리워졌을 어둠의 농도와 살아남은 자식들이 평생 견뎌야 하는 고통의 윤곽을 감히 짐작해볼 수조차 없다. 자신과 다르다고 해서 한 가족을 파탄에 이르게까지 만드는 인간의 야만스러운 광기는 대체 어디에 숨어 있다가 흘러나오는 걸까? 이러한 야만이 300년 가까이 지난 지금도 여전하다는 사실을 생각할 때면 마음이 참담해진다.

몇 해 전 유럽의 난민 문제에 관한 글을 청탁받아

에세이를 한 편 쓴 적이 있다. 지금 이 글을 시작하는 볼테르의 일화는 그 에세이에 쓴 서두였다. 람페두사 해안에서 프란치스코 교황이 드린 미사의 강론을 인용하며 쓴 그 글이 새삼 떠오른 것은 지금 한국 사회에서 난민 찬반 논쟁이 뜨겁기 때문이다. 제주도에 있는 지인과 대화를 나눈 후, 에세이를 쓸 당시의 내가 난민 문제를 먼 나라의 일로만 여겼던 것은 아닌가 하는 생각을 하게 됐다. 한국의 일이 되자 제주도민이 느끼는 두려움이 보다 가깝게 다가왔기 때문이다. 그건 아마도 정주민인 '나'는 강자지만 여성인 '나'는 밤길에 맞닥뜨릴지 모르는 가상의 난민 남성들 앞에서 약자일 수 있다는 불안 때문이었겠지. 난민을 두려워하는 누군가는 자녀의 안전을 걱정해야 하는 부모일 수도, 작은 변화에도 사회 안전망 바깥으로 떨어질까 노심초사하는 소외 계층일 수도 있다는 걸 나는 이제야 마음으로 이해한다. 마음의 눈은 어째서 이토록 형편없는 근시인 것인지. 우리는 어떤 일이 눈앞에 직접 닥쳤을 때에야 비로소 하나에 촘촘하게 얽혀 있는 수많은 다른 선들을 볼 수 있다. 어떤 일이든 쉽게 금을 긋고 선과 악, 옳고 그름 중 하나를 택하라고 소리 높여 말하는 이들은 대부분 멀찍이 떨어진 강의 저편에 서 있는 사람들이다.

내가 좋아하는 그림책 중에는 『난민이 뭐예요?』라는 작품이 있다. 이 책의 줄거리는 간단하다. 후안, 로사, 페드로 등 서로 사촌인 아이들은 어느 날 할머니의 집에 모여 즐겁게 대화를 나눈다. 그러던 중 길에서 본 난민들이 자연스럽게 화제에 오르고 아이들은 '난민'이 누구인지, 그들을 어떻게 대해야 하는지를 스스로 깨우쳐간다. 비교적 간결한 이 이야기에는 작은 반전이 숨어 있다. 아이들은 몰랐지만 할머니 역시 난민 출신이었던 것이다. 아이들은 할머니가 준비해준 스페인식 바게트 샌드위치를 나눠 먹으며 할머니가 살아온 인생에 대한 이야기를 듣고, 사람은 누구나 난민이 될 수 있음을 알게 된다. 할머니와 아이들이 밤에 찾아올지 모르는 누군가를 위해 이불을 준비하는 마지막 장면이 아름다운 것은 그 때문이다. 그것이 인간에 대한 존중과 배려의 행동임을 느낄 수 있기 때문에.

난민들을 둘러싸고 현재 빚는 갈등은 우리 사회가 얼마나 이런 문제에 준비되어 있지 않은지를 보여준다. 하지만 동시에 지금의 갈등은 우리가 난민 문제를 더 이상 외면할 수 없는 시대를 살아가게 되리라는 것을 분명히 예고하고도 있다. 나는『난민이 뭐예요?』를 쓰고 그린 이들이 각기 다른 국가 출신의 유럽인들인 것이 우연일 리만은 없다고 생각한다. 글을 쓴 호세 캄파나리는 이민자의 자식으로 난민 문제에 관심을 가져온 스페인 사람이고, 그림을 그린 에블린 다비디는 아프리카 난민들이 유럽에 들어가는 관문인 이탈리아 출신이다. 이 두 사람이 함께 만든 그림책이, 국가나 인종 혹은 종교처럼 서로를 배척하게 만드는 견고한 장벽을 넘어설 때 우리가 아름다운 무언가를 창조할 수 있음을 보여주는 사례가 될 수는 없을까?

일상을 살아가는 연약한 개인들은 불안할 수 있지만, 그럼에도 나는 우리의 마음속에 타인을 위해 이불한 채를 더 마련할 만큼의 온기가 존재한다고 믿고 싶다. 당장은 두렵더라도, 배척하는 것만이 이 두려움을 해소해줄 유일한 방법은 아닐 거라고 믿는 나와 당신이 있다고. 비틀거리더라도, 뒷걸음질을 치더라도, 우리는 결국 연대의 가치를 실현하는 방향으로 나아갈 것이다. 밤이 온다. 길고 긴 겨울밤의 시작이다. 하지만 나는 아직도 작은 희망을 촛불처럼, 위안처럼 품고 있다.

하지만 괜찮다,
그렇더라도

〃 옥수수빵
〃 존 윌리엄스, 『스토너』

어렸을 적부터 떨쳐내기 힘들던 두려움 중 하나는 실패에 관한 것이었다. 뭔가를 하다가도 이러다 결국 실패하면 어쩌지 하는 생각은 발목에 매단 추처럼 나를 검은 강의 깊숙한 바닥으로 시도 때도 없이 가라앉혔다. 호흡이 가빠져오고, 눈앞이 아득해오면 나는 모든 것을 그만두고 도망가고 싶은 충동에 사로잡히곤 했다. 학교에서, 혹은 어른들로부터 귀에 못이 박히도록 듣던 말들. 그러니까 '노력은 배반하지 않는다' 같은 문장은 나를 괴롭게 했다. 실패를 한다면 노력이 부족한 탓이라는 말처럼 들렸기 때문이다. '실패는 성공의 어머니' 같은 말도. 이 문장은 실패마저 결국엔 성공을 위한 도구여야 한다는 것을 암시하고 있다.

　　1965년 미국에서 발표되었으나 50여 년이 지난 후에야 전 세계 독자들의 사랑을 받기 시작한 『스토너』는 꽤 특이한 방식으로 시작하는 소설이다. 요란한 사건이나 거창한 수식으로 시작한다는 의미는 아니다. 『스토너』의 서두가 독특한 것은 소설의 첫 두 페이지가 사실상 두툼한 장편소설의 줄거리를 요약하고 있기 때문이다. 제목에서부터 드러나듯이 『스토너』는 윌리엄 스토너라는 한 인물이 태어나서 죽을 때까지의 일생을 다루는 이야기이다. 그리고 소설 서두의 요약에 따르면 스토너의 인생은 성공보다는 실패에 가까워 보인다. 미국의 중서부에서 즐겨 먹는다는 옥수수빵처럼 투박하고 볼품없는 그는 출세를 위한 정치를 하지 못해 끝내 조교수 이상 승진하지 못했고, 그의 동료나 학생 중 누구에게도 훌륭한 학자로 기억되지 않으니까. 더욱이 그는 평생 동안 아내와 불화를 겪었고, 그가 애정을 다해 키운 딸은 알코올중독자가 되어버린다. 하지만 그런 그의 일생을 통해 우리가 감동을 받는 이유는 무엇일까?

실패의 연속처럼 느껴지는 스토너의 일생이 고귀하게 느껴지는 것은 그가 가족과 동료, 그리고 건강을 잃는 순간에서조차 자신이 원하는 바에 충실한 삶을 한결같이 산 사람이기 때문이다. 미주리의 작은 시골 마을 출신으로 부모의 뜻에 따라 농업을 배우기 위해 대학에 진학했던 스토너는 영문학개론 수업을 통해 중세 문학과 사랑에 빠진 이후 자신의 선택이 부모를 실망시킬 것을 알지만 영문학도가 되기로 결심한다. 다른 동료들이 세계대전에 참전할 때는 비난을 받더라도 학업을 위해 학교에 남고, 학과장의 괴롭힘 때문에 풋내기 강사조차 마지못해 받아들일 만한 형편없는 강의 시간표를 배정받는 굴욕을 여러 해 동안 겪지만 그는 그저 묵묵히 자신의 연구를 해나갈 뿐이다.

사람들은 쉽게 타인의 인생을 실패나 성공으로 요약하고 싶어 한다. 하지만 좋은 문학 작품은 언제나, 어떤 인생에 대해서도 실패나 성공으로 함부로 판단할 수 없다는 사실을 우리에게 알려준다. 세상은 불확실한 일들로 가득하지만 단 하나 분명한 것은, 당신과 나는 반드시 실패와 실수를 거듭하고 고독과 외로움 앞에 수없이 굴복하는 삶을 살 것이라는 사실이다. 하지만 괜찮다, 그렇더라도. 당신이 내면의 목소리에 귀 기울인 채 생을 포기하지 않고 살아가기만 한다면. 우리가 서로에게 요청할 수 있는 것은 오직 그뿐이다.

친애하는
인생에게

〃 단팥빵
〃 앨리스 먼로, 『디어 라이프』

　소설가가 되어 소설을 세상에 내보이기 시작한 이후 가장 많이 받은 질문 중 하나를 꼽아보자면, 아마도 왜 내 소설 속의 배경이 외국인 경우가 많은가 하는 것일 거다. "프랑스에 사신 적 있나요?", "사셨다면 얼마나 오래 사셨나요?" 같은 질문들을 나는 독자들에게도, 기자들에게도, 평론가들에게도 수도 없이 들어왔다. 하도 반복되는 질문이다 보니 이제는 기분에 따라 어떤 때는 문학관까지 언급하며 조금은 상세하게, 어떤 때는 아주 간략하게 설명할 수 있는 답들을 여러 버전으로 갖추게 되었지만, 소설을 발표한 지 얼마 되지 않았을 때는 도대체 왜 많은 사람들이 내 소설의 공간적 배경에만 이토록 관심을 갖는지를 이해할 수가 없어서 난감했다. 재미있는 것은 내가 소설 쓸 때 자주 사용하는 또 다른 공간 배경인 '인천'에 대해서는 아무도 질문을 하지 않는다는 점이다.(물론 '인천'이라는 지명을 언급한 적은 없지만 충분히 유추할 수 있는 지표들이 많은데도 불구하고!) 내 프로필에 인천 출신이라는 정보가 들어 있으니까 고향을 소설에 쓰는 것은 당연하다고 다들 받아들이는 걸까?

그런데 출생지가 인천이라고 매번 밝히긴 하지만 솔직히 말하면 나는 프랑스보다 인천을 훨씬 더 모른다. 인천을 배경으로 소설을 쓸 때마다 자료를 찾거나 사전 답사를 하는 것은 그 때문이다. 그럼에도 불구하고 인천에 대한 나의 애정은 각별한 편인데, 그건 어쩌면 인천에서 살았던 유년 시절을 내 인생에서 가장 밝고 화창했던 날들로 기억하기 때문인 것도 같다. 이를테면 아버지와 같이 치과를 가던 동인천의 풍경 같은 것들. 어린 시절엔 왜 그렇게 치과에 갈 일이 많았는지. 동인천은 그 시절 내가 가본 가장 큰 번화가였다. 높다란 건물들. 널따란 차도. 치과에 다녀오는 길에 아버지는 언제나 그 근처에 있던 '크라운 제과'에 나를 데리고 갔다. 문을 열고 들어가는 순간 나를 유혹하던 달콤한 향기. 유리 진열장의 버터케이크들. 아버지가 가장 좋아하시는 빵은 예나 지금이나 단팥빵이니까 우리는 아마도 단팥빵을 사서 나눠 먹었을 것이다. 어느 제과점에나 있는 흔하디흔한 빵. 지극히 평범한 외양을 지녔지만 속을 가만히 열어보면 까만 앙금을 가장 깊은 곳에 비밀처럼 품고 있는 단팥빵은 그래서 나에게 유년 시절의 행복을 떠올리게 하는 빵이다.

한동안은 내 인생이 조금씩 이상하게 흘러간 것은 서울로 이사를 온 이후부터가 아닌가 생각히 곤 했었다. 서울이란 도시의 잘못은 아니었을 테고 사실은 그저 유년 시절이 끝나면서 겪게 되는 흔한 마음의 병에 불과했는지도 모르지만. 그렇다고 해서 내가 사춘기 시절 대단히 괴로운 사건을 겪었던 건 아니었다. 학교생활이 내게 맞지 않았을 뿐이었는지도 모르겠다. 어쨌든 모든 게 엉망진창이던 고등학교 시절엔 수업만 끝나면 언제나 도망치듯 집으로 돌아왔다. 얼른 혼자가 되고 싶었고, 혼자 있을 때만 안전하다고 느꼈으니까. 크게 불행하지는 않았지만, 스스로 이상하다는 생각을 떨치기는 힘들었으므로 두려울 때가 많았다. 나는 대체 왜 이러는 걸까. 이러다가 낙오자가 되는 건 아닐까. 미래를 낙관하는 것은 불가능했고, 인생을 사랑하는 일은 비현실적으로 보였다. 나의 마음속에서 자꾸만 고개를 들던 이상한 충동들. 설명할 수 없는 감정들. 해 질 녘이면 와아아 쏟아져 나와 나를 뒤흔들고 지나가던 어둠들.

캐나다 소설가 앨리스 먼로의 소설들을 좋아하지만, 바람이 몹시 불어 쓸쓸한 어느 밤, 누군가와 갓 구운 단팥빵을 나눠 먹으며 단 한 권의 책을 함께 읽어야 한다면, 다시 읽고 싶은 것은 『디어 라이프』다. 이 단편소설집에는 특별한 재능을 가지고 있거나 도덕적으로 훌륭한 사람들은 등장하지 않는다. 하지만 소설을 읽어나가다 보면 우리는 겉보기엔 평범해 보이는 그들이 저마다 아무에게도 말할 수 없는 내밀한 어둠을 가슴 깊은 곳에 품고 살아간다는 것을 알게 된다.

소설가의 유년 시절을 직접적으로 다루는 「밤」이라는 작품에는 불면에 시달리는 '나'가 등장한다. 어린 '나'는 잠결에 사랑하는 동생을 자기가 목을 졸라

죽여버리면 어쩌나 하는 두려움에 사로잡혀 있다. 그러던 어느 밤, '나'는 잠을 이루지 못하고 배회하다 아버지와 맞닥뜨리게 된다. 그리고 불면의 이유를 묻는 아버지에게 동생을 다치게 할까 봐 걱정된다는 말로 얼버무리려던 '나'는 진실을 털어놓고 싶은 욕망을 참지 못하고 고백하고 만다. "목을 조를까봐서요." 나는 이 소설을 무척 좋아하는데, 그 이유는 소녀의 이야기를 다 들은 이후, 아버지가 들려준 대답 때문이다. "사람들은 이따금 그런 생각을 한단다." 그리고 그 대답을 들은 '나'는 그제야 불면을 극복하고 다시 일상을 살아가게 된다.

사는 것이 힘들고 생각대로 되는 일이 없는 어느 날, 온기가 남은 오븐 곁에 둘러앉아 누군가와 단팥빵을 나누어 먹는 상상을 해본다. 긴 시간 정성껏 졸여 만든 달콤하고 따뜻한 앙금이 들어 있는 단팥빵을. 그것은 틀림없이 행복한 장면이겠지만 그런 순간에도 우리는 모두 각자의 자리에서 고독할 것이라는 걸 나는 이제는 안다. 사람들은 누구나 타인에게 쉽게 발설할 수 없는 상처와 자기모순, 스스로도 이해할 수 없는 욕망과 충동을 감당하며 사는 존재들이니까. 하지만,

한없이 외로운 존재들을 그리면서도 여든이 넘은 작가는 열네 편의 소설들을 묶은 책에 '디어 라이프'라고 제목을 붙였다. 친애하는 인생에게. 친애하는, 이라니. 이토록 쓸쓸함으로 가득할 뿐인데도 인생을 바라보는 먼로의 눈길은 어쩌면 이렇게 다정한 걸까?

『디어 라이프』를 다시 읽으며 소설을 읽고 쓰는 일은 나의 내밀한 고백에 "사람들은 이따금 그런 생각을 한단다"라고 읊조려주는 누군가를 만나는 행위가 아닐까 생각했다. 그리고 이런 생각도 들었다. 소설이 그런 것이라면, 당신과 내가 소설을 읽고 쓰는 사람들인 한 인생은 아직 친애할 만한 것일 수도 있겠다고.

찻집
상상

    동네 카페에 다녀왔다. 작업을 시작하기 전, 습관적으로 SNS를 들여다보다가 평소 즐겨 가는 동네 카페에서 여름 메뉴를 개시한다는 걸 알게 되었기 때문이다. 집에서 글을 쓰다 막히면 가끔씩 작업하러 찾아가기도 하는 그 카페에서는 제철 과일로 만든 디저트를 매 계절마다 만들어 판다. 오늘부터 여름 메뉴인 살구머핀을 판매하기 시작한다 했으니 딸기가 들어간 봄 디저트를 다시 맛보기 위해서는 세 번의 계절을 또 지나야 할 것이다.

    머핀을 사기 위해 강아지와 함께 카페에 다녀오는

데, 이젠 정말 여름이 되어버린 것인지 잠깐 사이에 땀이 제법 나고 얼굴이 뜨겁게 익어버렸다. 집에 오자마자 땀에 젖은 옷을 갈아입고, 전기 포트에 물을 올린 뒤, 투명한 유리잔에 얼음을 가득 붓는다. 여름 향기가 물씬 풍기는 살구머핀과 곁들일 차로는 아이스 얼그레이가 좋겠다.

살구 콩포트가 듬뿍 들어간 머핀을 반으로 잘라, 주인이 얹어준 요거트 크림과 같이 한 입을 먹는다. 입안 가득 상큼함이 퍼지고, 아, 이게 여름 과일의 맛이지. 최근 들어 직원이 한 명 더 늘어나긴 했지만, 처음에는 주인 혼자서 디저트를 만드는 것부터 커피를 내리고 서빙을 하는 일까지 모두 도맡아하던 그 카페는, 단 한 명이 처음부터 끝까지 책임져야 하는 카페답게 아담한 규모이고 디저트 메뉴도 단출하다. 동네 산책 중 처음 이 카페를 발견하자마자 바로 좋아하게 된 것은 그런 점 때문이었다.

스무 살엔 모두들 미래에 대한 기대와 불안 사이에서 마음이 분주했다. 갈팡질팡하던 친구들은 대부분 결국에 가서는 기대 쪽으로 몸을 맡기는 것처럼 보였다. 양지바른 미래를 향해 해바라기처럼 활짝 피어

나는 친구들과 함께 있으면 나는 언제나 금세 외로워졌다. 할 줄 아는 것이 별로 없었고, 무엇보다 하고 싶은 일이 무엇인지도 나는 잘 몰랐으니까. 하루가 다 간 늦은 오후에야 겨우 고단한 볕이 드는 계단 밑 동아리방, 창가에 늘어서 있는 빈 소주병 안의 곰팡이꽃, 누군가 버리고 간 우산, 쓰다 만 편지, 제자리를 잃고 앨범에서 떨어져 나온 빛바랜 사진. 나는 자꾸만 그런 쪽으로 마음이 기우는 사람이었으니까.

그즈음엔 친구들끼리 서로의 미래를 상상해보는 일이 많았다. 서른엔, 마흔엔 어떤 모습으로 살고 있을까? 서른도 마흔도 까마득히 먼 이야기였으므로 주고받는 이야기들엔 디테일이 부족했다. 어느 날, 오랜 친구가 나에게 말했다. "다른 애들이 어떤 일을 하며 살지는 쉽게 상상이 되는데 너의 미래는 좀처럼 그려지지가 않아." 그리고 친구는 이렇게 말했다. "굳이 말하자면, 언덕 위에 찻집 하나를 열어놓고 세상 사람들이 보내오는 편지에 끝도 없이 답장을 써주는 할머니로 살 것 같은 느낌?"

소설가가 된 이후, 이따금씩 친구의 그 말이 떠오를 때가 있다. 나에겐 찻집도 없고, 편지를 보내오는 사람도 없지만, 나는 어쩌면 알지 못하는 누군가를 향해 계속 답장을 써 보내는 삶을 살고 있는 건 아닐까?

하지만 소설을 쓰기 위해 노트북을 짊어진 채 이 카페에서 저 카페를 전전하는 일이 피곤해질 때면 가끔은 진짜로 내가 찻집 주인이 되는 꿈을 꾸기도 한다. 간판조차 없는 그 작은 찻집에서는 그날그날 나의 기분과 날씨에 따라 굽는 단 한 종류의 케이크만을 차와 함께 팔아야지. 손님들이 오지 않을 때는 나무 테이블 위에 낙화처럼 떨어진 빛을 바라보면서 소설을 쓰거나 읽고, 번역을 할 것이다.

나이를 먹고 나니 새로 하고 싶은 일들은 줄어들고, 지금 하고 있는 일에만 집중하게 된다고 친구들은 말하곤 하던데 내 마음속에는 왜 이제야 하고 싶은 일들이 싱싱한 나뭇잎처럼 매일매일 돋아나는 걸까? 물론 아무리 구체적으로 상상한다 해도 내가 찻집 주인이 될 가능성이 없다는 걸 나는 안다. 상상하는 일엔 남보다 재주가 있는 편이지만 그것들을 실행으로 옮길 만큼 부지런하거나 추진력을 갖춘 사람이 아니니까. 하지만 상상을 할 수 있다는 것은 얼마나 행복한 일인지.

그러니까, 이 모든 것은 그냥 상상 속의 일.

상상으로 그칠 일.

상상이라 좋은 일.

상상이란 뭘까.

지루한 일상의 날개.

동그란 무릎 위로 떨어져 내리는 아카시아 꽃잎.

긴 장마 끝에 발견하는, 하늘 저편의

반짝이는 무지개.

참고한 책들

당신에게 권하고픈 온도

· 『대성당』(레이먼드 카버 지음, 김연수 옮김, 문학동네, 2014)
· 『기괴한 라디오』(존 치버 지음, 황보석 옮김, 문학동네, 2008)
· 『가문비나무의 노래』(마틴 슐레스케 지음, 유영미 옮김, 니케북스, 2013)
· 『내 식물에게 무슨 일이 일어났을까?』(데이비드 디어도르프·캐서린 와즈워스 지음, 안유정 옮김, 김영사, 2011)
· 『여름 거짓말』(베른하르트 슐링크 지음, 김재혁 옮김, 시공사, 2013)
· 『울분』(필립 로스 지음, 정영목 옮김, 문학동네, 2011)
· 『꿈을 빌려드립니다』(가브리엘 가르시아 마르케스 지음, 송병선 옮김, 하늘연못, 2014)
· 『마음의 집』(김희경 글·이보나 흐미엘레프스카 그림, 창비, 2010)
· 『밤이라고 부르는 것들 속에는』(안희연 지음, 현대문학, 2019)

하나씩 구워낸 문장들

· 『파스칼 키냐르의 말』(파스칼 키냐르·샹탈 라페르데메종 지음, 류재화 옮김, 마음산책, 2018)
· 『긴 호흡』(메리 올리버 지음, 민승남 옮김, 마음산책, 2019)
· 『남편의 아름다움』(앤 카슨 지음, 민승남 옮김, 한겨레출판, 2016)
· 『축복』(켄트 하루프 지음, 한기찬 옮김, 문학동네, 2017)
· 『드러누운 밤』(훌리오 꼬르따사르 지음, 박병규 옮김, 창비, 2014)
· 『단편적인 것의 사회학』(기시 마사히코 지음, 김경원 옮김, 위즈덤하우스, 2016)

- 『가든파티』(캐서린 맨스필드 외 지음, 김영희 엮고 옮김, 창비, 2010)
- 『여행하는 말들』(다와다 요코 지음, 유라주 옮김, 돌베개, 2018)
- 『소설을 쓰고 싶다면』(제임스 설터 지음, 서창렬 옮김, 마음산책, 2018)
- 《현대문학》(유희경, 「선한 사람 당신」, 2020년 5월호)

온기가 남은 오븐 곁에 둘러앉아

- 『그저 좋은 사람』(줌파 라히리 지음, 박상미 옮김, 마음산책, 2009)
- 『존재의 세 가지 거짓말』(아고타 크리스토프 지음, 용경식 옮김, 까치, 2014)
- 『내 이름은 루시 바턴』(엘리자베스 스트라우트 지음, 정연희 옮김, 문학동네, 2017)
- 『비 온 뒤』(윌리엄 트레버 지음, 정영목 옮김, 한겨레출판, 2016)
- 『런던 스케치』(도리스 레싱 지음, 서숙 옮김, 민음사, 2003)
- 『건반 위의 철학자』(프랑수아 누델만 지음, 이미연 옮김, 시간의흐름, 2018)
- 『어두운 상점들의 거리』(파트릭 모디아노 지음, 김화영 옮김, 문학동네, 2010)
- 『여름의 맛』(하성란 지음, 문학과지성사, 2013)
- 『우리의 활보는 사치가 아니야』(김지우 지음, 휴머니스트, 2024)

빈집처럼 쓸쓸하지만 마시멜로처럼 달콤한

- 『모자』(토마스 베른하르트 지음, 김현성 옮김, 문학과지성사, 2009)
- 『좁은 문』(앙드레 지드 지음, 이혜원 옮김, 펭귄클래식코리아, 2008)
- 『종이 동물원』(켄 리우 지음, 장성주 옮김, 황금가지, 2018)

- 『더블린 사람들』(제임스 조이스 지음, 이종일 옮김, 민음사, 2012)
- 『그래도 우리의 나날』(시바타 쇼 지음, 권남희 옮김, 문학동네, 2018)
- 『사랑의 역사』(니콜 크라우스 지음, 민은영 옮김, 문학동네, 2020)
- 『내가 있는 곳』(줌파 라히리 지음, 이승수 옮김, 마음산책, 2019)
- 『국수와 빵의 문화사』(오카다 데쓰 지음, 이윤정 옮김, 뿌리와이파리, 2006)
- 『오늘 밤은 사라지지 말아요』(백수린 지음, 마음산책, 2019)
- 『애도 일기』(롤랑 바르트 지음, 김진영 옮김, 걷는나무, 2018)
- 『고마운 마음』(델핀 드 비강 지음, 윤석헌 옮김, 레모, 2022)

갓 구운 호밀빵 샌드위치를 들고 숲으로

- 『나무수업』(페터 볼레벤 지음, 장혜경 옮김, 위즈덤하우스, 2016)
- 『새들은 페루에 가서 죽다』(로맹 가리 지음, 김남주 옮김, 문학동네, 2007)
- 『경계에서 춤추다』(서경식·타와다 요오꼬 지음, 서은혜 옮김, 창비, 2010)
- 『솔직한 식품』(이한승 지음, 창비, 2017)
- 『난민이 뭐예요?』(호세 캄파나리 글·에블린 다비디 그림, 김지애 옮김, 라임, 2018)
- 『스토너』(존 윌리엄스 지음, 김승욱 옮김, 알에이치코리아, 2015)
- 『디어 라이프』(앨리스 먼로 지음, 정연희 옮김, 문학동네, 2013)

초판 1쇄   2020년 11월 24일
개정판 1쇄   2024년   7월   9일
개정판 2쇄   2024년   8월   8일

지은이 백수린
펴낸이 박진숙 | 펴낸곳 작가정신
편집 황빈지 | 디자인 이현희 | 마케팅 김영란
재무 이하은 | 인쇄 및 제본 한영문화사

주소 (10881) 경기도 파주시 광인사길 143 2층
대표전화 031-955-6230 | 팩스 031-955-6294
이메일 editor@jakka.co.kr | 블로그 blog.naver.com/jakkapub
페이스북 facebook.com/jakkajungsin
인스타그램 instagram.com/jakkajungsin
출판 등록 제406-2012-000021호

ISBN 979-11-6026-346-6 03810

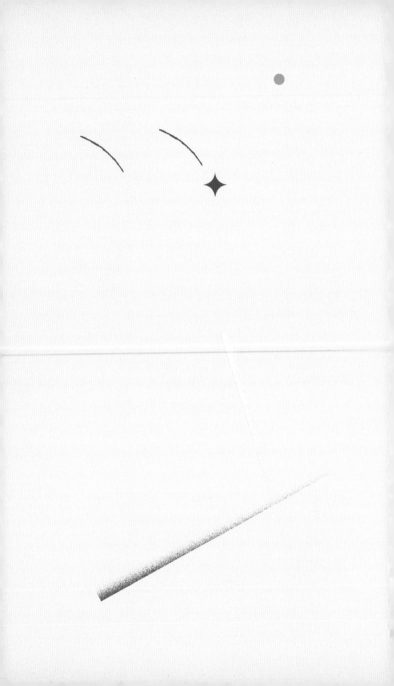